어서오세요

歡迎光臨台灣

韓語導覽

EZ 叢書館 編輯部 策劃

風土民情　傳統文物　美食佳餚

Chapter ① 小島巡禮╳導覽指南 **007**

目　次

北投溫泉博物館
008

南投日月潭
060

壽山動物園
074

金針花海
090

雙心石滬
104

全書音檔下載

臭豆腐

肉粽

蚵仔麵線

豬腳

豆花

Chapter ②　經典美食 **120**

Chapter ③　傳統工藝 **206**

chapter 1-1

北─部

鬧區別境

신베이터우
新北投

Q 신베이터우는 어디에 있을까요 ? 어떤 곳이에요 ?
————— 新北投在哪裡呢 ? 是個怎樣的地方 ?

타이베이역에서 30 분 정도면 신베이터우에 도착한다 . 이곳은 타이완에서도 손꼽히는 온천 거리로 교통편도 좋아서 외국에서도 많은 관광객이 찾아온다 . 이곳 베이터우 온천수는 유황 성분이 풍부하기 때문에 신베이터우역을 나오자마자 유황 냄새를 맡을 수 있다 . 온천의 수질은 크게 ‘백황천’, ‘청황천’, ‘철황천’ 세 종류로 나뉘며 각기 효능이 다르다 .

베이터우 온천은 1890 년대에 한 독일인에 의해 발견되었다 . 그 후로 일제강점기 동안 료칸이 점차 정비되어 온천은 질병을 치료하는 데에도 이용되었다 . 일본의 오랜 역사를 지닌 료칸인 ‘카가야’는 신베이터우에도 있다 . 일본식 서비스를 타이완에서 체험할 수 있게 되었고 타이완의 온천에서 일본을 맛본다는 색다른 즐거움을 경험할 수 있다 !

從捷運台北車站約 30 分鐘的車程就可抵達新北投。這裡有台灣數一數二的溫泉街，交通便利，也有許多國外旅客到訪。此處的溫泉富含硫磺成分，所以一出捷運新北投站，就能聞到硫磺味撲鼻而來。溫泉的泉質大致分為「白磺泉」、「青磺泉」、「鐵磺泉」三種，各自的療效也不一樣。

北投溫泉據說是在 1890 年代由某位德國人所發現的。到了日治時期，溫泉旅館慢慢受到整頓，溫泉也逐漸用在治療上。新北投也有日本的老字號溫泉旅館「加賀屋」，在台灣也能感受日本道地「和式款待」的精神，體驗文化交融的樂趣喔！

▲ 圖為「北投圖書館」。

단 어 單 字

1. 손 꼽 히 다：[動詞] 數一數二、屈指可數
2. 교 통 편 (이) 좋 다 [交通便]：[常用表達]
   交通方便
3. 찾 아 오 다：[動詞] 來訪
4. 점 차 [漸次]：[名詞] 逐漸
5. 지 니 다：[動詞] 具有、擁有
6. 색 다 르 다：[形容詞] 特殊、別具特色的

신베이터우에는 어떤 관광 명소가 있을까요 ?

新北投有哪些觀光景點呢 ?

전철역 신베이터우역에서 나오면 바로 베이터우공원이 보인다 . 공원에는 예전에 공공 온천이었던 건물을 개조한 '베이터우 온천 박물관' 이 있어서 베이터우 온천의 역사와 문화를 엿볼 수 있다 . 이 외에도 2012 년에 '세계에서 가장 아름다운 공공 도서관 베스트 25' 에 선정된 아름다운 목조 건물인 '베이터우 도서관' 이 있다 . 베이터우 도서관은 환경을 고려한 친환경 건축물로 타이완 사람들의 휴식공간이 되고 있다 . 인근의 '카이다거란 문화관' 에서는 예전 이곳에서 생활하던 원주민들의 문화를 느낄 수 있으며 다양한 공예품을 감상하거나 기념품을 살 수도 있다 .

신베이터우에서 온천을 한 뒤에 배가 고프다면 전철을 타고 스린이나 단수이 야시장에 가서 식사를 하는 것을 추천한다 . 두 곳 모두 30 분 안에 갈 수 있다 . 겨울은 춥기 때문에 목욕 후 한기로 인해 감기에 걸리지 않도록 조심해야 한다 !

捷運新北投站一出來，就能看到北投公園。園內有改造自過去公共溫泉建築的「北投溫泉博物館」，可以在此認識北投溫泉的歷史和文化。以及被選為 2012 年「全球最美的 25 座公立圖書館」的優美木造「北投圖書館」。北投圖書館是一座考量到環境的環保建築，也是台灣人的休憩場所。在鄰近的「凱達格蘭文化館」，可以親身體驗以前在這裡生活的原住民文化，也可以觀賞色彩繽紛的手工藝品、購買紀念品。泡完新北投溫泉後，肚子一定也餓了吧！推薦您搭乘捷運到士林或淡水的夜市用餐。兩個地方都只要花 30 分鐘左右就能抵達。由於冬天很冷，請注意不要因泡完湯後、身體散熱而感冒了！

단 어 單 字																				

1. 엿보다 : 動詞 窺視、揣測
2. 아름답다 : 形容詞 美麗
3. 선정되다 [選定] : 動詞 (被)選定
4. 친환경 [親環境] : 名詞 環保

1. 베이터우 온천의 '백황천'은 피부 미용에 좋고 '청황천'은 만병통치라고 해요 .
   據說北投溫泉的「白礦泉」為養顏美容之湯，「青礦泉」為治萬病之湯。

2. 노천탕은 한국과 다르게 수영복을 착용해야만 하는 곳이 많아요 .
   屋外的大澡堂和韓國不同，有許多需要穿泳裝的地方。

3. 걷다가 지치면 무료로 족욕을 할 수도 있어요 !
   如果走累了，也可以去泡看看免費的足湯喔！

4. 베이터우 온천 박물관은 일제강점기 때 지어진 벽돌 건물로 일본의 쇼와 천황도 이곳을 방문한 적이 있다고 해요 .
   北投溫泉博物館是一座日治時期的磚造建築，據說日本的昭和天皇也曾造訪過此處。

단 어 單 字

1. 착용 [着用] : 名詞 穿戴、穿著
2. 지치다 : 動詞 疲倦、疲憊
3. 벽돌 [甓-] : 名詞 磚塊

1. 지열곡에서는 힘차게 온천이 솟아오르는 모습을 가까이에서 볼 수 있지만 너무 가까이 가지 않도록 주의해야 해요 .

   在「地熱谷」可以近距離看到溫泉磅礡湧上的樣子，但請注意別靠太近。

2. 이곳은 '베이터우석'의 산지로 유명하고 , 또 일본에서는 특별 천연기념물로 지정되어 있어요 .

   這裡以「北投石」產地聞名，在日本「北投石」又被指定為特別天然紀念物。

3. 책을 읽지 않더라도 베이터우 도서관 테라스에서 푸른 경치를 감상하며 잠시 휴식을 취할 수 있어요 .

   即使不看書，也可以在北投圖書館的露台眺望綠景、休息片刻。

단 어 單 字

1. 솟아오르다 : 動詞 湧出、噴出、冒出
2. 테라스 [terrace] : 名詞 露臺
3. 휴식을 취하다 : 常用表達 稍作休息

지 우 펀
九份

Q 지우펀은 어디에 있을까요 ? 어떤 곳일까요 ?

───────── 九份在哪裡呢 ? 是個怎樣的地方 ?

　　지우펀은 타이베이에서 버스로고 약 한 시간 반 정도 거리에 있는 산등성이 마을이다 . 옛날에는 아홉 가구 밖에 없었고 늘 아홉 가구가 함께 물건을 사서 나누다 보니 '지우펀' 이라는 이름이 붙었다고 한다 . 이곳은 40 년 전까지만 해도 금광으로 번성했던 곳이었으나 광산이 폐쇄되면서 마을은 잠잠해지고 주민들도 줄어들었다 .

　　하지만 1989 년에 영화 '비정성시' 의 무대가 되면서 관광지로서 인기를 끌게 되어 . 지금까지 많은 국내외 관광객들이 방문하는 유명한 관광 명소가 되었다 . 지우펀은 마을의 옛 모습을 잘 간직하고 있어 마치 시간 여행을 하는 것 같은 느낌을 받을 수 있다 . 이곳 골목길을 한번 산책해 보며 여유로운 시간을 가져도 좋을 것이다 .

　　九份是一個從台北搭公車為時約一個半小時的山中小鎮。過去只有九戶人家居住，因為總是請人一起送來「九戶份」的物資，由此命名為「九份」。這裡在 40 年前左右還是個以金礦繁榮的地方，但之後隨著礦山的封閉，小鎮開始沉寂，居民也逐漸減少了。

　　然而，1989 年作為電影《悲情城市》的舞台後，變成人氣直升的觀光景點。至今有許多國內外的觀光客造訪，成為一個知名觀光勝地。九份保有昔日古色古香的街道，宛如時空穿梭。在這裡，不妨試著漫步在小巷中，度過自在悠閒的時光吧。

단　어　單　字			
1. 가구 [家口] : 名詞 人口		4. 잠잠하다 [潛潛 --] : 形容詞 沉寂	
2. 번성하다 [繁盛] : 動詞 繁榮		5. 줄어들다 : 動詞 減少	
3. 폐쇄 [閉鎖] : 名詞 封閉		6. 골목길 : 名詞 巷弄、小巷子	

지우펀에는 어떤 관광 명소가 있을까요 ?

—— 九份有哪些觀光景點呢 ?

　지우펀에는 많은 '다예관(찻집)'이 있다 . 금광으로 번성하던 시절에 지은 대저택을 개축해서 사용하고 있다 . 이곳에서 아름다운 바다를 바라보며 차와 다과를 함께 즐기는 것이 큰 매력이기에 , 많은 사람들이 지우펀을 또 방문하고 싶어 한다 .

　그 밖에도 지우펀에서 차로 15 분 거리인 진과스에 있는 '황금 박물관' 에 가보는 것도 추천한다 . 이곳에서는 광산 채굴 모습을 재현하고 있어 과거 번영의 역사를 되돌아볼 수 있다 . 또한 일제강점기 때에 지어진 건축물도 감상할 수 있다 .

　저녁의 지우펀은 해가 지면 붉은 연등이 켜지고 낮과는 완전히 다른 분위기의 아름다운 야경으로 변한다 . 그때는 마치 자신이 영화나 이야기 속에 있는 것처럼 느껴지면서 지우펀의 매력에 빠지기도 한다 .

　　九份有許多的「茶藝館」，是由金礦興盛時期建造的一部分豪宅改建而成的。據説一邊眺望美麗海景，一邊享用茶與茶點是至高無上的享受，許多人因此想再次造訪九份。
　　另外，也很推薦順道去一趟距離九份約 15 分鐘車程，位於金瓜石的「黃金博物館」。這裡重現了挖掘礦山時的情形，可一探過去繁榮的歷史，以及觀賞日治時代的建築。
　　夜晚的九份在夕陽落下後，點亮了紅色燈籠，變成與白天氛圍迥異的美麗夜景。此刻彷彿置身於電影或故事中，再次驗證了九份的魅力。

단 어 單 字												

1. 대저택 [大邸宅] : 名詞 豪宅
2. 개축하다 [改築] : 動詞 改建
3. 채굴 [採掘] : 名詞 挖掘
4. 재현하다 [再現] : 動詞 重現
5. 연등 : 名詞 燈籠
6. 마치 : 副詞 彷彿

1. 지우펀의 거리에는 계단이 많고 주변의 분위기가 비슷해서 목적지까지 가는 표지판을 잘 따라가야 해요 .

九份的街道樓梯很多，四周的氛圍都很相似，所以就依循各處的標示前往目的地吧。

2. 화창한 날에 테라스석에서 지룽 항구를 내려다보면 마치 하늘에 떠 있는 카페에서 경치를바라보는 것 같아요 .

晴天時於露天席俯瞰基隆灣，就像從浮在空中的咖啡廳眺望。

3. 해질 녘의 경치는 낮의 번화한 모습과는 달리 연등의 은은한 빛으로 환상적인 공간을 만들어 내요 .

黃昏時的景色與白天的熱鬧模樣不同，透過燈籠的微光營造出充滿幻想的空間。

4. 지우펀은 계단에서 올려다보는 경치가 많아서 이런 곳은 다 사진에담고 싶어질 거예요 .

九份有許多從階梯下方仰望的景色，無論哪種都讓人想收藏到相片中。

단	어	單	字											

1. 화창하다 [和暢 --] : 形容詞 和煦
2. 항구 [港口] : 名詞 港口
3. 녘 : 依存名詞 ~的時候、~時分
4. 환상적 [幻想的] 名詞 / 冠形詞 : 幻想的

무엇을 할까요? ───────────────── 🎧 04

1. 다예관에서 좋아하는 차와 다과를 고른 후 직원에게 차를 우려내는 방법을 배워요.

在茶藝館選好喜歡的茶和茶點後，就請店裡的人解説一下泡茶的方法吧。

2. 다예관에서 다 우려내지 못한 찻잎은 기념품으로 가져갈 수 있어요.

在茶藝館沒泡完的茶葉可當作伴手禮帶回家喔。

무엇을 먹을까요? ───────────────── 🎧 05

1. '위위엔'은 토란과 다양한 재료로 만든 디저트로 맛과 차가운 것과 따뜻한 것을 선택할 수 있어요.

「芋圓」是一種加了芋頭和多種配料的甜點，可以自行選擇口味或冷熱。

2. 지룽 바다해에서 잡은 물고기로 만든 동그란 어묵은 담백하고 맛도 좋아요.

基隆近海捕獲的魚所做成的魚丸，口味清爽，吃起來很順口。

단 어 單 字

1. 다과 [茶菓]：[名詞] 茶點、茶食
2. 우려내다：[動詞] 泡(茶)、砌(茶)
3. 찻잎：[名詞] 茶葉
4. 토란 [土卵]：[名詞] 芋頭
5. 동그랗다：[形容詞] 圓圓的
6. 담백하다 [淡白 --]：[形容詞] 清淡

단수이 淡水

Q 단수이는 어디에 있을까요 ? 어떤 곳일까요 ?
淡水在哪裡 ? 是個什麼樣的地方呢 ?

타이베이 북쪽에 있는 단수이는 신베이시의 해안 지역 중 하나로서 전철역 단수이선의 종착역이다 . 그 문화와 역사는 현재까지도 많은 관광객을 끌어들이고 있다 . 단수이에는 원래 원주민이 있었지만 17 세기에 스페인 사람들에 의해 식민지배를 당하게 되었다 . 하지만 , 오래지 않아 스페인 사람들은 네덜란드 사람들에 의해 축출되었다 . 당시 네덜란드인들이 지은 성을 오늘날도 볼 수 있다 .

청나라가 통치하던 시절 , 단수이는 어업과 무역의 주요 항구도시가 되었다 . 또 1882 년 선교사 조지 레슬리 맥케이가 타이완에 처음으로 서양식 학교를 설립하여 단수이는 교육의 중심지가 되었다 . 그 후 지룽이 주요 항구로서의 역할을 대신하게 됐지만 단수이는 현재 타이완에서 가장 매력적인 관광지 중 하나로 매년 수백만 명의 관광객을 맞이하고 있다 .

淡水位在台北北端，是新北市其中一個臨海地區，捷運淡水線的最後一站，它的文化和歷史吸引了許多觀光客。淡水本來有原住民居住，但 17 世紀時被西班牙人殖民。不久後西班牙人被荷蘭人驅逐，當時荷蘭人在這裡建造堡壘，所建的堡壘屹立至今。

在清朝統治時期，淡水成為主要的漁業及貿易港口城市。而 1882 年傳教士馬偕設立台灣第一所西式的學校之後，淡水也成為學習的重鎮。雖然基隆後來取代了淡水的主要港口地位，但這個城鎮現在成為台灣最受歡迎的觀光景點之一，每年吸引上百萬的觀光客造訪。

▲ 圖為「淡水紅毛城」。

단 어 單 字

1. 종착역 [終着驛] : 名詞 終點站
2. 끌어들이다 : 動詞 拉進、引入
3. 축출되다 [逐出 --] : 動詞 驅逐
4. 선교사 [宣教師] : 名詞 傳教士
5. 맞이하다 : 動詞 迎接

Q 단수이 인근에 볼 만한 곳이 있을까요 ?

———— 淡水附近還有什麼值得一看的地方嗎？

　　단수이 홍수림 (맹그로브) 자연보호구역은 전철역인 홍수림역 바로 가까이에 위치하고 있다 . 이 자연 보호 구역은 단수이강 하구에서 수 킬로미터에 걸쳐 있으며 바닷물과 민물이 섞여있다 . 이곳은 홍수림을 형성하는 '암홍수 (雌蛭木)' 는 최적의 함께 서식 환경을 제공하고 있다 . 또한 홍수림에 서식하는 풍부한 생물과 식물은 물고기와 새우 , 게 등 좋은 먹이이며 물총새 , 백로 , 왜가리 등의 많은 새들도 어패류에 이끌려 자연스럽게 모여들게 된다 .

　　또한 지면보다 조금 높게 설치되어 있는 산책로에서는 홍수림을 보다 가까이서 볼 수 있어 새를 관찰하기에 최적이다 . 근처의 관두 자연공원에는 자연 센터와 관찰 오두막 및 장거리 산책로가 있어 더 많은 새들을 볼 수 있다 .

　　淡水紅樹林生態保護區就在離捷運紅樹林站很近的地方。這片生態保護區從淡水河口綿延數公里，這個地點混合了海水及淡水，對形成紅樹林的「水筆仔」來說，是絕佳的生長環境。此外，棲息生長在紅樹林中的豐富生物和植物，也是魚蝦和螃蟹很好的食物，而這些魚蝦蟹類又吸引來了各種鳥類，包括翠鳥、白鷺、蒼鷺等。

　　另外，從地面微微架高的步道，可以近距離觀賞這片紅樹林，也非常適合賞鳥。在鄰近的關渡自然公園有一個自然中心、賞鳥小屋和很長的一段步道，在那裡可以看到更多鳥類。

단	어	單	字									

1. 걸치다 : 動詞 經過、通過
2. 섞이다 : 動詞 被參雜、被混合
3. 최적 [最適] : 名詞 最適合
4. 서식 [棲息] : 名詞 棲息

5. 어패류 [魚貝類] : 名詞 魚類和貝類的統稱
6. 모여들다 : 動詞 聚集、匯集
7. 오두막 [-- 幕] : 名詞 小屋、草棚

1. 단수이강의 강변은 아름다운 석양을 볼 수 있는 낭만적인 장소예요 .
   淡水河畔是可以看到美麗夕陽的浪漫景點。

2. 위런마터우에는 어시장과 식당이 있으며 현지의 신선한 해산물을 맛볼 수 있는 추천 명소예요 .
   漁人碼頭有漁市場及餐廳，是品嚐當地海鮮的推薦地點。

3. 해가 지면 위런마터우의 연인 다리에 네온사인이 켜져요 .
   入夜之後，漁人碼頭的情人橋會亮起霓虹燈飾。

4. 단수이의 선착장에서 페리를 타고 건너편의 빠리나 위런마터우로 갈 수 있어요 .
   從淡水渡船頭，可以搭乘前往對岸的八里或漁人碼頭的渡輪。

단 어 單 字

1. 낭만적 [浪漫的] : 冠行詞 名詞 浪漫的
2. 어시장 [魚市場] : 名詞 漁市、水產 / 生鮮市場
3. 해산물 [海產物] : 名詞 海產、海鮮
4. 네온사인 [neon-sign] : 名詞 霓虹燈
5. 선착장 [船着場] : 名詞 碼頭

1. 홍마오청은 스페인인이 1628년에 건설한 후 1642년에 네덜란드인에 의해 개축되었어요 .

紅毛城是西班牙人於 1628 年建立，之後由荷蘭人在 1642 年整修。

2. 홍마오청은 언덕 위에 지어져서 그곳에서 내려다보는 단수이강 하구의 경치는 매우 아름다워요 .

紅毛城建於山丘上，所以從那裡觀賞到的淡水河口景色非常秀麗。

3. 단수이 예배당은 1933 년도 맥케이 성당이 있던 자리에 재건되었다 .

1933 年淡水禮拜堂在馬偕教堂的原址重建。

4. 그 예배당은 맥케이의 아들이 설계하여 아름다운 스테인드글라스 창문과 종탑이 있어요 .

那座禮拜堂是由馬偕的兒子所設計，有著美麗的彩繪玻璃窗及鐘塔。

단 어 單 字

1. 네덜란드 [Netherlands] : 名詞 荷蘭
2. 개축되다 [改築] : 動詞 改建、重建
3. 짓다 : 動詞 建造
4. 스테인드글라스 [stained glass] : 名詞 彩繪玻璃

1. 신베이터우역 근처에는 많은 온천 호텔이 있어요 .
   在新北投捷運站附近，有許多溫泉旅館。

2. 대부분 대중탕은 야외에 있어서 바깥 경치를 감상할 수 있어요 .
   大多數大眾池都是露天的，可以欣賞外頭的景色。

3. 주즈후에서 한 시간 걸어가면 다툰자연공원의 조류와 나비 보호구역이 있어
   요 .
   從竹子湖步行約 1 小時，有大屯自然公園的鳥類和蝴蝶保護區。

4. 카라꽃은 보통 매년 3 월에 피기 시작해요 .
   海芋通常從每年三月開始綻放。

5. 주즈후는 카라를 감상하기에 제일 좋은 곳이에요 .
   竹子湖是觀賞海芋的最佳地點。

6. 매년 3월에는 양밍산 벚꽃이 활짝 펴요 .
   每年三月陽明山的櫻花會盛開。

7. 다툰산에서 내려다본 야경은 정말 아름다워요 .
   從大屯山上放眼望去的夜景最為美麗。

단 어 單 字																		

1. 바깥 : 名詞 外面、外頭
2. 조류 : 名詞 鳥類
3. 피다 : 動詞 開(花)、綻放
4. 활짝 : 副詞 大大地展開、舒展開地

우 라 이
烏 來

Q 우라이는 어디에 있을까요 ? 어떤 곳일까요 ?
———————————— 烏來在哪裡呢 ? 是個怎樣的地方 ?

우라이는 신베이시 남쪽 끝에 위치하고 있다 . 타이야족 원주민들이 사는 곳이며 , 많은 산에 둘러싸인 작은 온천지이기도 하다 . '우라이' 지명은 , 타이야족어로 '연기가 나는 뜨거운 물' 이라는 의미가 있다 . 원래 타이완에는 온천욕을 하는 습관이 없었는데 , 일제강점기 때 부터 온천지역으로 자리 잡게 되었다 . (온천 핵심지가 되었다) .

매년 1 월에서 3 월은 벚꽃이 활짝 핀다 . 벚꽃 철이 되면 산은 핑크빛으로 물들어 , 타이베이 지역에서 벚꽃 놀이 가기에 좋은 장소가 된 . 4 월에서 5 월에는 반딧불이도 나타나고 , 특히 운선낙원이 제일 많다 . 초여름 밤에 반짝이는 반딧불이를 구경할 수 있어 , 어린이들이 제일 좋아하는 생태환경이 조성된다 .

位於新北市最南端的烏來 , 是泰雅族原住民生活的地方 , 也是個被群山環繞的小溫泉地 。「烏來」這個地名 , 為泰雅族語「冒煙的熱水」之意 。原本在台灣並沒有泡溫泉的習慣 , 這裡是在日治時期才開始被整頓 (成為溫泉盛地) 。

每年的 1~3 月 , 烏來地區的櫻花盛開 。櫻花季節一到 , 山頭增添了粉嫩的顏色 , 成為大台北地區賞櫻的好去處 。到了 4~5 月 , 螢火蟲也出現在烏來山區 , 尤其在雲仙樂園數量最多 , 在初夏夜裡觀賞一閃一閃的螢火蟲 , 是小朋友們最喜愛的生態活動 。

단	어	單	字										

1. 둘러싸이다 : 動詞 被包裹、被包圍
2. 반딧불이 : 名詞 螢火蟲

우라이에 어떤 관광 명소가 있을까요 ?

— 烏來有哪些觀光景點呢 ?

솟아오르는 온천의 안개를 보면서 다리를 건넌후 , 계단을 오르면 관광 기차 승차장이 보인다 . 이 기차는 원래 사람의 힘으로 움직였다 . 목재와 물자를 운반하기 위해 사용되었지만 현재는 관광용으로 쓰이며 , 사람이 탈 수 있도록 전동식으로 개량하였다 . 약 1.6km 의 거리를 이동하고 터널을 통과하면 약 10 분 만에 종착역에 도착한다 . 거기서 강으로 조금만 가면 높이 약 80m 의 우라이 폭포를 조망할 수 있다 .

우라이에는 유명한 내동국가산림풍경구가 있으며 풍부한 생태계가 서식하는 대자연의 경관을 갖고 있다 . 또한 폭포와 계곡에 둘러싸여 있고 고목이 하늘로 치솟아 있어 내동산람풍경구는 음이온 함량이 매우 높다 . 여기는 최고의 타이완 산림풍경구라고 할 수 있다 . 내동에 오면 신현폭포를 꼭 둘러보는 것을 추천한다 . 총 길이 약 2.2km 의 사실과 풍부한 활엽수림을 감상하면서 래적한 삼림욕을 체험한다면 , 몸과 마음이 편해질 것이다 .

一邊看著升起的溫泉霧氣一邊過橋 , 上階梯後 , 就能看到觀光台車乘車處。此台車的動力原為人力 , 是為了運送木材和物資而使用的 , 但現在用於觀光 , 為了能讓人乘坐便改良為電動式。前進約 1.6 公里的距離 , 最後穿過隧道 , 僅約 10 分鐘就抵達終點站。從那裡往河稍微走一下 , 就會來到一處能眺望高約 80 公尺的烏來瀑布。

境內有著名的內洞國家森林遊樂區 , 擁有豐富的大自然生態景觀。瀑布與水潭環繞 , 古木參天 , 使得內洞森林遊樂區內的陰離子含量非常高 , 是全台森林遊樂區之冠。來到內洞必然要到信賢瀑布一遊 , 全長約 2200 公尺的步道 , 一邊欣賞豐富的闊葉林林相 , 一邊體驗清爽宜人的森林浴 , 讓身心靈都得到紓解與放鬆。

단 어 單 字			
1. 안개 : 名詞 霧		4. 조망하다 [眺望 --] 動詞 眺望	
2. 승차장 [乘車場] 名詞 乘車處		5. 치솟다 動詞 湧上、往上衝、奔騰	
3. 운반하다 [運搬 --] 動詞 搬運、運輸		6. 음이온 [陰 ion] 名詞 負離子、陰離子	

1. 우라이 온천은 유황 온천이 아닌 , 무색무취의 온천으로 피부에 미백효과가 있다고 해요 .

   烏來溫泉不是硫磺泉，而是無色無味的溫泉，據說對皮膚有美白效果。

2. 거의 모든 온천 시설에서 당일치기 (숙박 안함) 가 가능해요 . 우라이의 마지막 여정에서 온천을 체험해 보는 건 어떨까요 ?

   幾乎所有的溫泉設施都能當天來回（免住宿），在烏來的最後行程中體驗一下溫泉如何呢？

3. 타이야족의 특별 요리 중 하나인 죽통밥은 대나무에 찹쌀과 식재료를 넣고 찌는 요리며 , 그것은 찹쌀밥 음식과 흡사해요 .

   泰雅族特色料理之一的竹筒飯，是在竹子裡放入糯米和食材後蒸煮的料理，像糯米蒸飯的食物。

4. 좁쌀로 만든 술은 식감이 발포주와 같은 달달한 술이에요 .

   用小米製成的酒，是一種口感如發泡酒般稍甜的酒。

단 어 單 字

1. 대나무 : 名詞 竹子
2. 찹쌀 : 名詞 糯米
3. 좁쌀 : 名詞 小米

지 룽
基隆

Q 지룽은 어디에 있을까요 ? 어떤 곳이에요 ?
———————————— 基隆在哪裡呢 ? 是個怎樣的地方 ?

　　타이완 동북부 연안에 위치한 지룽은 타이완 제 2 의 항구도시로 , 비가 자주 내려 '비의 항구' 라 불리기도 한다 . 초기에는 원주민인 케다카란족이 살고 있었으나 , 지룽의 항구를 뺏으려고 많은 외부 침략자의 공격이 있었다 . 17 세기에는 스페인인과 네덜란드인이 , 18 세기에는 청나라 , 19 세기에는 영국인과 프랑스인 , 그리고 마지막에는 일본인이 지룽과 그 항구를 점령하였다 .

　　일본인은 타이완산 원재료를 일본으로 보내기 위해 지룽항을 대규모로 건설하였고 , 결과적으로 지금은 현대적인 항구로 개발하였다 . 제 2 차 세계대전 중 미군의 공격으로 막대한 피해를 입었으나 , 전쟁 후 복구작업 및 증설 등으로 1984 년에는 세계 7 위 컨테이너 항구가 되었다 .

　　位於台灣東北部沿岸的基隆，是台灣第二大港市，天氣經常下雨所以有「雨港」之稱。早期由原住民——凱達格蘭族在此地營生，但被打算爭奪基隆港的入侵者攻陷：17 世紀的西班牙人和荷蘭人、18 世紀的清朝、19 世紀的英國人和法國人，接著最後日本人占領了基隆與該港口。

　　日本人為了將台灣產的原物料運往日本，進行基隆港的大規模建設，而發展成現代化港口。儘管在第二次世界大戰期間遭美軍攻擊，受到極大的損害，但因戰後的重建作業與增設等，曾在 1984 年成為世界第七大的貨櫃港。

單字 단 어

1. 불리 다 　[動詞] 被稱為、被叫去、點名
2. 원주민 　[名詞] 原住民
3. 공격 　[名詞] 攻擊
4. 결과적 [結果的] 　[名詞] 結果、最後、最終的
5. 막대하다 [莫大 --]　[形容詞] 莫大、巨大

Q 지룽에 어떤 관광 명소가 있을까요 ?

基隆有哪些觀光景點呢 ?

　　지룽은 꼭 공복 상태로 와야 한다 ! 지룽 야시장은 타이완에서 특히 유명하고 ,
또 다양한 타이완 미식을 즐길 수 있다 . 띠엔지궁 입구와 주변에 있는 '먀오코
야시장'에는 200 개 이상의 가게가 즐비한데 , 항구도시답게 해산물 요리가 많
다 . 야시장이라고 하지만 낮에도 가게는 영업하고 있으니 걱정 안 해도 된다 .
식사를 마치고 배가 부르면 소화 겸 근처 작은 산속에 있는 중정공원까지 산책은 어
떨까 ? 여기서 보이는 지룽시와 항구 경치를 감상하며 잠시 휴식하자 . 근처에는 옛
날 쓰였던 포대 등도 있어 , 지룽의 일부 역사를 볼 수 있다 . 만약 시간이 된다면 예
류나 북쪽 해안 혹은 동북 해안 등 대자연이 만들어낸 아름다운 경치를 보러 가는 것
도 좋다 .

　　來基隆請一定要空腹！基隆夜市在台灣也特別有名，有許多種類的台灣美食。位於奠濟
宮入口和其周邊的「廟口夜市」與 200 多家店相連，匯集了許多有海港特色的海鮮料理。雖
稱作夜市，但店家從白天就開始營業，所以不用擔心。

　　酒足飯飽後，要不要順便到鄰近小山丘上的中正公
園逛逛消化一下呢？從那裡邊瞭望基隆市與港口的景色，
邊稍作休息吧！附近也有過去曾使用過的砲台等，能窺探
一部分的基隆歷史。若還有時間，也可以去看看野柳、北
海岸或東北海岸等，人自然所創造的美景喔！

단 어 單 字	
1. 공복 [空腹] : 動詞 空腹	3. 즐비하다 [櫛比 --] : 形容詞 櫛比林立、
2. 다양하다 [多樣 --] : 形容詞 各式各樣、	比比皆是
多元的	4. 일부 [一部] : 名詞 一部份、某些

Q 지룽에는 볼 만한 것이 더 있나요?

—————— 基隆還有其他值得一看的嗎?

지룽 지역에서는 역사적인 요인으로 크고 작은 포대가 만들어졌다. 현재 포대들이 있는 곳은 관광 명소 발전하였다. 하이먼텐션은 중정공원, 산샤완 및 민족영웅묘 근처에 위치하여, 울창한 숲길을 따라 계단을 올라가면 고풍스러운 성문과 석판을 볼 수 있고 옛날 정서를 확실히 느낄 수 있다.

지룽은 국제적인 항구로 타이완의 국제무역 촉진과 운수업계의 발전이라는 중책을 맡고 있다. 근처는 타이베이 지역이 있어, 산업계에 영향을 주는 경제 명맥이기도 하다. 컨테이너의 왕복 수송만이 아니라, 관광 크루즈 서비스도 제공하고 있어, 국내에서는 '타이마룬' 이 타이완 본도에서 마주 간을, 또 국제선으로 '리싱요룬 (스타쿠르즈)', '란 바오스 공주 (사파이어 프린세스)' 등 국제급 크루즈선이 관광을 위해 정박하고 있다.

基隆地區因為歷史因素,建造了大大小小的砲台,現今這些砲台已發展成觀光景點。海門天險位於中正公園、三沙灣及民族英雄墓附近,沿著蔥鬱的林間小徑拾階而上,即可看見古樸的城門與石板路,令人發思古之幽情。

基隆港是國際大港,肩負著促進國際貿易交流以及發展航運業的重責大任,鄰近大台北地區,牽動著產業的經濟命脈。除了貨櫃的運輸往來,也提供觀光郵輪在此服務,在國內地區有台馬輪往返台灣本島與馬祖之間,國際線則有麗星郵輪(StarCruise)、藍寶石公主(Sapphire Princess)……等國際級郵輪停靠。

단 어 單 字

1. 울창하다 [鬱蒼 --] : 形容詞 鬱鬱蔥蔥、茂盛的樣子
2. 고풍스럽다 [古風 ---] : 形容詞 古意盎然、古色古香
3. 크루즈 [cruise] : 名詞 郵輪

1. 다우룬포대 근처에 있는 칭런호는 피크닉이나 하이킹으로 유명한 곳이에요 .
   位於大武崙砲台附近的情人湖，是備受歡迎的野餐和健行去處。

2. 지룽에서 서쪽으로 조금 가면 예류지질공원이 있어요 . 이곳에는 타이완에서
   매우 유명하고 자연이 빚어낸 신기한 암석들을 볼 수 있어요 .
   從基隆稍微往西邊走，就有野柳地質公園。這裡有台灣最知名的奇岩異石天然景觀。

3. 푸페이쟈오 부근에는 ‘라오메이스차오’라는 천연암으로 형성된 도랑이 있
   어 , 봄이 되면 녹조로 가득 차서 파도가 녹색으로 변한 것처럼 보여요 .
   富貴角附近有「老梅石槽」這樣的天然岩石所形成的槽溝，一到春天充滿綠藻後，看起來就像
   海浪變成綠色一樣。

단 어 單 字

1. 피크닉 [picnic] : 名詞 野餐
2. 하이킹 [hiking] : 名詞 遠足・健行
3. 도랑 : 名詞 溝渠
4. 녹조 [綠藻] : 名詞 綠藻

1. 먀오코 야시장의 노점은 지룽 근처에서 잡은 신선한 해산물을 사용하는 곳으로 유명해요 .

廟口夜市的攤販，以使用基隆附近捕撈到的新鮮海產而聞名。

2. 딩비엔추어라는 이름은 정말 특이하고 , ' 딩비엔 ' 이란 큰 솥의 가장자리를 말하고 , ' 추어 ' 는 쌀가루를 큰 솥에 붙여 열로 쪄내는 것을 말해요 .

鼎邊銼這名稱相當奇特，「鼎邊」意指大鍋的邊緣，「銼」則表示將米糊貼附在大鍋內蒸煮的動作。

단 어 單 字

1. 특이하다 [特異 --] 形容詞 特殊、特別　　　3. 가장자리 : 名詞 邊緣、周圍
2. 솥 : 名詞 鍋子

디화지에
迪化街

Q 저기는 무슨 거리일까요? 정말 고풍스럽게 보인다.

那邊是什麼街？看起來古意盎然。

그곳은 디화지에라고 하며, 타이베이에서 매우 오래된 옛거리다. 19세기 때 중국에서 온 배가 단수이강의 다다오청 부두에서 화물을 하역하였다. 어떤 사람이 거기에서 가게를 열고 물건을 팔기 시작했는데, 그 후 이것은 디화지에라고 불리게 되었다. 디화지에에는 그때부터 상업 지구로 번창하기 시작하였다. 지금은 많은 상인들이 찻잎과 한약 등 전통상품을 판매하고 있다. 디화지에에는 일 년 내내 정말 조용한 곳이지만, 음력설이 다가오면 설맞이 용품을 고르는 사람들로 매우 북적거린다. '녠훠'란 음력설을 축하하는 물건으로, 예를 들어, 건어물, 견과류와 각종 사탕 등을 말한다.

那是迪化街。是台北最古老的街道。19 世紀時，來自中國的船隻會在淡水河的大稻埕碼頭卸下貨物。有人開始在那裡開店來販賣那些物品，後來就被稱為迪化街了。迪化街從那個時候開始就以商業區繁榮至今。如今，多數商家都販售茶葉和中藥等傳統商品。迪化街在一年當中的大多時候相當安靜，但每逢農曆新年來臨，就會擠滿選購年貨的人潮。「年貨」一詞泛指用來慶祝農曆新年的物品，例如魚乾、堅果和各式各樣的糖果等等。

단 어	單 字		
1. 부두 [埠頭] : **名詞** 碼頭		3. 내내 : **副詞** 始終、一直	
2. 하역하다 [荷役] : **動詞** 裝卸(貨物)		4. 건어물 [乾魚物] : **名詞** 海鮮乾貨	

디화지에에 볼 만한 것이 더 있나요?

—— 迪化街還有其他值得一看的嗎?

영러시장은 정말 재미있는 곳이다. 장소는 디화지에와 난진시루 교차로 근처에 있다. 그곳은 옷감 도매시장인데, 그냥 걸어 다니기만 해도 즐겁다. 영러시장은 20세기 초기 일제강점기 때부터 있는 시장으로, 1950년대 이후 타이완의 옷감 거래의 중심지가 되었다. 현재 시장은 한 대형 건물의 2, 3층에 있어, 안에는 각종 옷감과 봉제 도구를 판매하는 작은 가게들이 있다. 또 그곳에는 재단사가 있어, 본인이 원하는 옷감을 골라 바로 옷을 주문할 수 있다.

　　永樂市場是個很有趣的地方,它就在迪化街跟南京西路的交叉口附近。那裡是個布料批發市場,隨便晃晃也很能享受其中的樂趣。永樂市場是從20世紀初期日據時代以來就有的市場,在1950年代後,成為台灣的布料交易中心。現在,市場位於一棟大型建築的二樓和三樓,裡面都是販賣各種布料和縫紉用具的小店。那裡也有裁縫師,所以可以選擇自己喜歡的布料當場訂製衣物。

단 어	單 字									

1. 교차로 [交叉路]: 名詞 岔路、十字路口　　3. 도매시장 [都賣市場]: 名詞 批發市場
2. 옷감: 名詞 布料、衣料　　4. 거래 [去來]: 名詞 交易、買賣、貿易

1. 어란 (우위즈) 은 설날 전날 밤에 먹는 좋은 요리예요 .
   烏魚子是一道年夜菜佳餚。

2. 라러우는 음력설에 먹는 일종의 절인 고기예요 .
   臘肉是農曆新年會吃的一種醃肉。

3. 목이버섯은 흑색 식용 균류의 일종으로 주로 요리나 한약에 사용돼요 .
   黑木耳是一種黑色可食用的菌類，常用於料理及中藥。

4. 망태 버섯은 영향이 풍부하여신년 음식에 많이 사용돼요 .
   竹笙（竹蓀）很有營養，會在許多新年菜餚中用到。

5. 설날에 사탕을 먹는 것은 새로운 한해가 ‘달콤하기를’ 바라는 의미가 있어요 .
   過年吃糖，具有讓新的一年變得甜甜的意義。

6. 해바라기씨와호박 씨는 부와 재산을 상징하고 있어요 .
   瓜子和南瓜子象徵著財富。

7. 땅콩과 피스타치오 등은 설날에 즐겨 먹는 간식이에요 .
   花生和開心果等等都是過年常吃的小零嘴。

단 어 單 字

1. 목이버섯 : 名詞 黑木耳   3. 망태 버섯 [網---] : 名詞 竹笙
2. 균류 [菌類] : 名詞 菌類   4. 피스타치오 : 名詞 開心果

1. 설날에 '생선'을 먹는 것은 중국어로 '남는다' 라는 뜻의 餘와 발음과 같기 때문이에요 .

   過年時吃魚是因為「魚」和「餘」的中文發音相同。

2. '파차이' 는 일종의 식물이에요 . '부자가 된다 ' 라는 뜻의중국어 '화차이' 와발음이 비슷해서 , 설날에 먹는 음식이에요 .

   髮菜是一種植物，發音和中文的「發財」很像，是過年會吃的食物。

3. 매년 다양한 음식과 음료를 파는 노점들이 있고 , 음악 공연도 있어요 .

   每年會有許多販賣食物和飲料的攤販，也會有音樂表演。

4. 다다오청에서 자전거로 자전거 전용 도로를 달려 북쪽으로 가면 단수이에 도착할 수 있어요 .

   從大稻埕可以騎自行車道一路往北騎至淡水。

5. 가는 길중에는 휴게소가 많아서 간식을 살 수 있고 자전거도 정비할 수 있어 요 .

   沿途有許多休息站，可以買一些小點心或維修腳踏車。

단	어	單	字						

1. 휴게소 [休憩所] : 名詞 休息站
2. 정비하다 [整備 --] : 動詞 修理、整頓、維護

잉 거
鶯 歌

잉거는 어디에 있을까요 ? 어떤 곳일까요 ?

鶯歌在哪裡呢 ? 是個怎樣的地方 ?

타이베이에서 기차로 30 분 거리에 '도예의 거리' 로 유명한 잉거가 있다 . 붉은 벽돌로 지은 역사 밖으로 나가서 길을 걸으면 , 여러 곳에 도기로 된 타일이나 안내판이 설치되어 있는 것을 볼 수 있다 . 그리고 유적지로 지정되어 있는 고풍스러운 건물을 지나서 조금 더 가면 도기점이 즐비한 옛 거리에 도착한다 . 신페이시 서쪽에 있는 잉거는 , 예전에는 농업이 산업의 중심이었다 . 전설에 따르면 지금부터 약 200 년 전에 도예에 적합한 흙이 발견되어 가마를 만들기 시작하였다고 한다 . 일제 강점기 이후 , 본래 농민의 부업이었던 도예업이 발전하여 , 현재의 도예 중심지로 번성하게 되었다 .

從台北搭火車約 30 分鐘的地方 , 有個以「陶瓷街」聞名的鶯歌。走出以紅磚頭建造的車站建築 , 漫步在街道上 , 就可見各處設置了陶製瓷磚或導覽板。接著穿過被指定為古蹟建築的懷舊建物 , 再稍微走一下 , 就會到達陶店櫛比鱗次的老街。

位於新北市西邊的鶯歌 , 過去以農業為產業中心。據傳 , 至今約 200 年前被發現適合陶藝的良土 , 遂在此製窯（開業）。日治時期後 , 原為農民副業的製陶業擴大發展 , 現在便以陶藝為中心而繁榮興盛。

단 어	單 字														

1. 붉다 : 形容詞 紅、赤色
2. 타일 [tile] : 名詞 花磚
3. 가마 : 名詞 窯、爐子

잉거에 어떤 관광 명소가 있을까요?

鶯歌有哪些觀光景點呢?

　잉거역에서 도보로 10 분 거리에 있는 '잉거 도자기박물관' 은 타이완 최초의 도자기 전문 박물관으로 2000 년에 개관하였다. 타이완의 전통적인 도예 기술과 그 역사를 배울 수 있고 도예 체험도 가능하다. 박물관이 매우 넓어서 상설 전시 외에 계절전시도 있다. 참관하는 곳마다 세계 각지의 아름다운 작품을 볼 수 있다.

　근처 옛 거리에는 도기점 외에도, 체험 공방이나 멋스러운 카페 및 갤러리 공간이 있다. 시간을 잘 활용해 보자! 하루 종일 먹고 마시고, 보고 사고, 여기저기 즐길 수 있다. 그와 더불어, 산샤를 추천한다. 거기는 잉거에서 버스를 타면 15 분만에 도착할 수 있다. 고풍스러운 벽돌 건물이 아직도 남아 있는 산샤 옛 거리에는 아직도 멋진 가게들이 있고 휴일에는 항상 가족동반 관광객으로 매우 북적거린다.

　　從鶯歌車站步行約 10 分鐘之處，便是「鶯歌陶瓷博物館」，它是台灣最早專門展示陶器與瓷器的博物館，於 2000 年建館。不只能學習台灣傳統的陶藝技術和歷史，還能參加陶藝體驗。館內十分寬廣，除了常設展覽外還有季節展出，每每參觀造訪，都能看到世界各地精美的作品。

　　附近的老街除了陶器店，還有幾個體驗工作室、時髦的咖啡館以及畫廊空間。好好挪出時間吧！在一天當中吃吃喝喝、邊看邊買，可以享受許多事物。另外，也推薦去一趟三峽，從鶯歌搭公車約 15 分鐘。還保留早期磚造建築的三峽老街，也有許多很棒的店家，假日人們常攜家帶眷而熱鬧非凡喔！

단 어	單 字						

1. 도보 [徒步]: 名詞 徒步
2. 전시 [展示]: 名詞 展示
3. 멋스럽다: 形容詞 漂亮、好看
4. 북적거리다: 動詞 人聲鼎沸、熙來攘往、喧騰

1. 여기서는 타이베이 지점에 있는 도자기 가게보다 비교적 싸게 구입할 수 있고 , 때로는 반값 이하의 초특가 제품도 찾을 수 있어요 .

   窯場製品能以較台北分店便宜的價格買到，而其中有時也可以找到半價以下的超值逸品。

2. 비싼 일본 유명 브랜드의 접시 같은 제품도 때로는 매우 저렴한 가격으로 살 수 있어요 .

   與價格頗貴的日本知名品牌同款的盤子，有時也能以無品牌的低價買到。

3. 선물용으로 구입 시 깨지지 않도록 잘 포장해 달라고 부탁하세요 !

   買來當伴手禮時，要請人好好地包裝以免破碎喔！

4. 공방 도예체험은 예약 없이도 가능하지만 , 완성품은 2 주 후에 받을 수 있대요 .

   工作室即使沒有預約也能體驗陶藝，但據説收到成品約是在兩週後。

단 어 單 字

1. 지점 [支店]: 名詞 分店
2. 접시 : 名詞 碟子、盤子
3. 포장하다 [包裝 --]: 動詞 包裝、打包(外帶)

무엇을 볼까요? 　　　　　　　　　　　　　　　🎧 15

1. 전설에 따르면, 앵무새처럼 생긴 거대한 바위에서 잉거라는 지명이 유래되었대요.

據傳，形狀像鸚鵡的巨大岩石是鶯歌地名的由來。

2. 주말 혹은 휴일에는 길거리 공연을 보러 오는 관광객들로 북적거려요.

週末或假日，因前來看街頭藝人表演的旅客而熱鬧非凡。

무엇을 먹을까요? 　　　　　　　　　　　　　　　🎧 16

1. 잉거의 몇몇 카페에서는 음료수를 마신 후 컵을 집으로 가져갈 수 있어요.

鶯歌的幾家咖啡館，喝完飲料後可以把杯子帶回家。

2. 쇠뿔모양의 '크루아상'은 껍질은 바삭하고 속은 부드러워요.

形狀像牛角的「牛角麵包」，外皮酥脆、裡面鬆軟。

단 어 單 字	
1. 전설 [傳說] : 名詞 傳說	4. 길거리 공연 : 常用表達 街頭表演
2. 앵무새 [鸚鵡-] : 名詞 鸚鵡	5. 몇몇 : 冠形詞 若干、一些
3. 거대하다 [巨大--] : 形容詞 巨大	6. 바삭하다 : 形容詞 酥脆

신주
新竹

Q 신주는 어디에 있을까요? 어떤 곳일까요?

新竹在哪裡呢?是個怎樣的地方?

신주는 타이완 북서부에 위치하고 있다. 신주시에 있는 충적평야는 나팔 모양처럼 생겼는데, 동북부나 남서부에서 오는 계절풍 영향으로 강풍이 일어난다. 그래서 신주는 '바람의 성'으로 불리고 있다. 이런 기후 때문에 쌀가루와 곶감을 만들기에 매우 적합한 곳이다.

신주 근처 일대는 원래 핑푸족 마을인 '죽참사'였다. 청나라 강희제 때에 한족이 이곳으로 이민을 간 후 원주민과 평화롭게 살았고, 지명도 그대로 쓰게 되었다. 그것이 바로 신주 또는 별칭 '죽참성'의 유래다.

신주에는 '타이완 실리콘밸리'라고 불리는 신주 과학 단지 외 타이완에서 규모가 가장 큰 성황묘와 산들에 둘러싸인 네이완 관광특구가 있다. 관광특구에서는 고풍스러운 기차역, 건물, 극장, 현수교 등을 볼 수 있다.

新竹位於台灣西北部。新竹市所處在的沖積平原就像喇叭的形狀,受到從東北或西南方向吹來的季風影響而產生強風,因此新竹也被稱作「風城」。聽說因為這樣的氣候,而成為最適合製作米粉及柿餅的地方。

新竹附近一帶原本是平埔族的聚落「竹塹社」。在清朝(康熙年間),漢人移民至此處,之後也與原住民和平相處,這個地名也就這樣被沿用了下來。這就是新竹又稱為「竹塹城」的由來。

新竹除了有「台灣矽谷」之稱的新竹科學園區之外,還有全台灣規模最大的城隍廟,與群山環繞的內灣風景區。風景區內可以看到充滿著懷舊風情的火車站建築、戲院、吊橋等。

단 어 單 字

1. 나팔 [喇叭] : 名詞 喇叭
2. 모양 [模樣] : 名詞 樣子、形狀
3. 평화롭다 [平和 --] : 形容詞 和睦、和平
4. 단지 [團地] : 名詞 園區
5. 현수교 : 名詞 吊橋

Q 신주에 어떤 관광 명소가 있을까요 ?

新竹有哪些觀光景點呢 ?

신주의 산간 지역에는 많은 유동나무가 심어져 있고 , 과거에는 산과 들을 뒤덮은 유동나무가 신주의 중요한 경제 작물이었다 . 유동나무 기름은 페인트의 원료로 쓰이고 목재는 가구 , 나막신 , 이쑤시개 , 성냥개비 등을 만들 수 있다 . 현재 신주의 경제활동은 달라졌으나 유동나무는 여전히 하카인들의 수호수가 되고 있다 . 매년 4 월 말에서 5 월 중순까지 유동화가 활짝 피면 산의 경치는 절정에 이른다 . 바람에 떨어진 유동화가 산길 위에 덮이면 하얀 카펫이 깔린 것 같아 , 이 아름다운 경치를 일명 '오월의 눈' 이라고도 부른다 .

옛날 전통적인 신주 하카 마을에서는 매년 연말이 수확의 계절로 , 마을 사람들은 전통적인 제사를 거행하여 신에게 감사를 드렸다 . 그중에도 제일 유명한 것이 화고 (花鼓) 공연이다 . 광대로 분장한 사람들이 중심이 되어 화삼 (花衫 ，꽃무늬 셔츠) 을 입고 , 화산 (花傘 ，꽃무늬 우산) 을 들고 , 춤을 추며 걸으면서 화고를 치는 퍼레이드 축제다 . 최근 몇 년간 문화창작 산업이 발전하고 있고 , 신주현은 매년 '신주현 국제 화고예술축제' 를 개최하여 하카의 전통문화 알리기에 힘을 쓰고 있다 .

在新竹山區栽種了大量的油桐樹，在過去，滿山遍野的油桐樹是新竹重要的經濟作物，桐油可以拿來當作油漆的原料，油桐木材可以製作家具、木屐、牙籤、火柴棒等。如今新竹地區主要的經濟活動已經轉型，油桐樹仍守候著客家鄉親，在每年的四月底到五月中旬，油桐花綻放，為山林裡增添了嬌美的景色，被吹落的油桐花散落在步道，彷彿鋪滿了白色的地毯，這幅美麗的景色也俗稱「五月雪」。

過去傳統的新竹客家庄在每年歲末豐收的季節，會以民間的傳統慶典活動來酬神，最有名的是花鼓表演，這是以丑角扮相為主，穿花衫、拿花傘、走花步、打花鼓的遊行活動，近年來文創產業蓬勃發展，新竹縣政府也每年舉辦「新竹縣國際花鼓藝術節活動」，讓客家傳統文化得以傳承。

단 어 單 字

1. 심다 : [動詞] 栽種、種植

2. 이쑤시개 : [名詞] 牙籤

3. 성냥개비 : [名詞] 火柴棒

1. 스마쿠스는 젠스향에 있는 한 마을인데 , 거기서 2 시간 정도를 걸으면 거대한 당산나무를 볼 수 있어요 .

司馬庫斯是位於尖石鄉中的一個部落，從那裡步行約兩個小時遠的地方，可以看到高大的神木。

2. 신푸에는 과거의 전통적인 건축물과 고풍스러운 하카 문화 유적이 많이 남아 있으니 , 조금 더 시간을 내서 감상해보는 것은 어떨까요 ?

新埔鎮保留了許多過去的傳統建築物以及古色古香的客家文化古蹟，要不要花點時間欣賞一下呢 ?

3. '국제 화고 예술축제'는 하카인들이 추수철에 신에게 감사를 드렸던 것에서 유래되었어요 .

客家人在秋天收穫時會對神明獻上感謝，而由此發展出國際花鼓藝術節。

단 어 單 字

1. 감상하다 [鑑賞 --] : 動詞 欣賞、鑑賞
2. 유래되다 [由來 --] : 動詞 由來、來由

chapter 1-2

中部

傳統與現代並存

苗栗

台中

南投

嘉義

먀오리
苗栗

Q 먀오리는 어디에 있을까요 ? 어떤 곳일까요 ?

———————————— 苗栗在哪裡 ? 是個怎樣的地方 ?

　　먀오리현은 신주현과 타이중 중간에 위치하여 , 동쪽에는 쉐산산맥 , 서쪽에는 타이완해협이 있고 , 농경지와 , 과수원 및 많은 마을로 이루어져 있다 . 원래 타오카스족 (핑푸족 계열) 고향인 먀오리는 17 세기 후 많은 하카인의 이민을 받아들였다 . 그래서 오늘날 먀오리는 하카문화의 중심지가 되었다 .

　　예전에 수많은 먀오리 사람들은 일을 구하기 위해 고향을 떠나 빠르게 발전하고 있는 도시로 이동하였다 . 그러나 지금은 도시를 먀오리에서 여유로운 시골 생활을 즐기려는 사람들이 늘고 있다 .

　　苗栗縣位於新竹與台中之間，東鄰雪山山脈，西面台灣海峽，由農田、果園和許多小村落構成。原為道卡斯族 (平埔族的一支) 家鄉的苗栗，進入 17 世紀之後接受了大批客家移民，而時至今日，苗栗已經成為客家文化的中心地。

　　以前，許多苗栗人為了謀職離鄉背井，移居到發展迅速的都會區。但現在，似乎越來越多的人欲遠離都會區而造訪苗栗，享受悠閒的鄉村生活。

단 어	單 字																	

1. 과수원 [果樹園]: 名詞 果園
2. 여유롭다 [悠閒 --]: 形容詞 悠閒

Q 먀오리에는 뭐가 재미있을까요?

苗栗有什麼好玩的呢?

먀오리에서 가장 유명한 것은 아름다운 유동화로, 유동화는 매년 4,5월에 꽃이 핀다. 옛날 일본인이 유동화 씨에서 동유를 기름을 채취하기 위해 심어졌으나, 지금 유동나무는 먀오리 산간 여러 곳에서 자생한다. 유동나무에 꽃이 필 때 대지를 덮고 있는 꽃들이 마치 하얀 눈이 덮인 것처럼 아름답다.

매년 한 번씩 개최되는 '하카 동화축제' 기간에는 수많은 관광객들이 꽃을 방문하여, 전통 가무공연, 하카 요리를 즐긴다. 또 옛날 동굴과 절을 볼 수 있는 쓰토우산 및 마나방산이 있다. 그곳에서 과일을 딸 수도 있고 민박집에서 숙박도 가능하다.

　　苗栗最出名的或許就是美麗的油桐花了,油桐花在每年 4、5 月開花。從前,是日本人為了從桐花的種子榨取桐油而種植;如今,油桐樹在苗栗山間四處恣意生長。油桐樹開花時,覆蓋大地的花朵就彷彿是白雪皚皚的世界一般。

　　每年舉辦一次的客家桐花季期間,成千上萬的遊客來此賞花、享受傳統歌舞表演、品嘗美味的客家料理。其他景點包括有可以尋訪古老洞窟和佛寺的獅頭山及馬那邦山,可以在那裡摘水果,並在那裡的民宿留宿一晚。

단 어 單 字

1. **자생하다 [自生 --]** 動詞 野生、自行生長
2. **덮다** 動詞 覆蓋、遮蔽
3. **마치** 副詞 就像、彷彿
4. **개최되다 [開催 --]** 動詞 舉辦、召開
5. **절** 名詞 寺廟
6. **민박집 [民泊 -]** 名詞 民宿

먀오리에 어떤 관광 명소가 있을까요?

苗栗有哪些觀光景點呢？

먀오리현 산이 향은 타이완 목조예술로 가장 유명하다. 이곳 주민은 대부분 목공예 일을 하며, 산이지역의 목조 문화를 함께 만들어 가고 있다. 일용품이나 장식품, 예술품 등이, 예술품 수집가들에게 사랑을 받고 있고 국제적으로 지명도가 매우 높다. 타이완 정부는 지방 특색 발전을 위해, 1990년에 산이 목조예술전시관을 건립하였다. 대중들에게 목조문화를 더욱 알리고, 예술의 아름다움을 체험할 수 있게 하기 위해서다.

먀오리현에서 제일 유명한 과일 특산품은 바로 신선하고 싱싱한 딸기다. 따후향은 토양이 비옥하고 강우량이 충분한 대다. 일교차도 크다. 매년 늦겨울부터 초봄까지는 딸기가 많이 생산되는 계절이다. 가능하면 농장에 가서 즐거운 딸기 수확을 경험해보자! 근처에는 따후 딸기 문화관이 있고 각종 딸기로 만든 디저트를 체험할 수 있어서 가족으로 즐기기에도 매우 좋은 곳이다.

苗栗的三義鄉是台灣木雕藝術最有名的地方，這裡的居民大多以木雕業為主，共同創造了三義地區的木雕文化，無論是日常用品、裝飾品、藝術品等等，都廣受收藏家的喜愛。在國際上也享有相當高的知名度。政府為了要發展地方特色，在1990年創建了三義木雕藝術展示館，讓民眾更了解木雕文化、體驗藝術之美。

苗栗縣最有名的水果特產就屬鮮嫩欲滴的草莓了，大湖鄉因為土壤豐饒，雨量充足，日夜溫差大，在每年冬末春初之際是草莓的盛產季節，不妨到農場採草莓，體會採草莓的樂趣吧！附近還有大湖草莓文化館，可體驗各種草莓的創意點心，非常適合大人小孩同樂。

단 어 單 字

1. 사랑을 받다 : 常用表達 討喜、獲得喜愛
2. 더욱 : 副詞 更加
3. 일교차 [日較差] : 名詞 日夜溫差〈也可討論濕度、氣壓等日夜差異〉

1. 하카 요리는 주로 말린 야채와 절임 음식을 사용해요 .
   客家菜常使用曬乾的蔬菜及醃菜。

2. 하카 볶음 요리에는 잘게 썬 돼지고기와 말린 오징어 , 말린 두부 및 파를 사용해요 .
   客家小炒裡面常使用切細的豬肉絲、魷魚乾、豆干及青蔥。

3. 일반적인 탕위엔은 대체로 달지만 , 하카식 탕위엔은 고기와 짠 국물을 써서 만들어요 .
   一般的湯圓常常做成甜的口味,但客家風味的湯圓會使用肉和鹹味高湯。

4. 레이차는 중국어로 '갈아 만든 찻잎'이라는 뜻으로 , 하카의 전통 음료예요 .
   擂茶的中文是「搗碎的茶葉」的意思,是客家的傳統飲品。

5. 찻잎에 구운 견과류를 넣고 곡물류와 같이 갈아 만들어요 .
   在茶葉裡加入烤過的堅果、穀物一起搗碎。

6. 재료를 잘 섞고 거기에 혼합물에 뜨거운 물과 차를 넣으면 완성돼요 .
   在調配好的混合物裡加入熱水或茶,就完成了。

단 어 單 字

1. 말리다 : 動詞 晾乾、曬乾
2. 절이다 : 動詞 醃漬
3. 볶음 : 名詞 炒物

4. 갈다 : 動詞 碾、研磨、搗碎
5. 굽다 : 動詞 烤

타 이 중
台 中

Q 타이중은 어디에 있을까요? 어떤 곳일까요?

—————————— 台中在哪裡？是個怎樣的地方？

타이중은 타이완 중서부의 타이중 분지에 위치하고 있다. 태풍을 막아주는 중앙 산맥이 있어서 날씨는 일 년 내내 따뜻하고, 맑아서 기후가 쾌적한 지역으로 유명하다. 이곳은 청나라 때 만들어 졌는데, 당시는 '다툰' 이라고 불렸다. 그리고 일본 정부에 의해 '타이중' 으로 개명되어, 일제 강점기에 타이중은 정치, 경제, 교통의 중심지로 발전하였다.

현재 타이중은 번화하고 현대적인 대도시로 발전하여 인구는 280 만 명이다. 또 타이중은 '살기 좋은 도시' 로 높은 평가를 받았는데 쇼핑, 먹거리 등 다양한 행사를 즐길 수 있는 관광 명소들이 많아 타이완에서 꼭 가볼 만한 관광지다.

台中位於台灣中西部的台中盆地。由於有中央山脈阻擋颱風的侵襲，台中的天氣幾乎終年溫暖、晴朗，以氣候宜人的地區聞名。這座城市建於清朝，當時被稱為「大墩」。而之後由日本政府易名為「台中」，在日本統治的時代，台中逐漸發展為重要的政治、經濟與交通樞紐。

現在，台中更發展成繁忙的現代大都會，坐擁 280 萬人口。而被高度評價為「最適合居住城市」的台中，有許多可享購物、餐飲、多項活動的觀光景點，是台灣值得推薦的旅遊勝地。

단	어	單	字							

1. 막다 [動詞] 阻擋
2. 쾌적하다 [快適--] [形容詞] 愜意、暢快、舒爽、宜人
3. 일제 강점기 [日帝強占期] : [名詞] 日本殖民統治時期

Q 타이중에는 뭐가 재미있을까요 ?

—————— 台中有什麼好玩的呢？

　혹시 쇼핑이나 미식을 즐기고 싶다면 먼저 타이중시 서구에 있는 시민 광장 일대로 가보자 . 이곳은 최근 타이중에서 매우 번화한 지역이다 . 휴일이면 많은 사람들이 광장에서 개와 어린이를 데리고 산책을 한다 . 매년 10 월 시민광장에서 열리는 재즈축제에는 정겨운 가을밤을 보내러 온 사람들로 북적거린다 . 주변에는 친메이청핀 서점 , 이국적인 식당과 전통음식점 , 현대적인 카페 등이 있어 도시의 여유로운 생활을 즐길 수 있다 .

　최근 몇 년 사이에 쥐안춘에서 개축된 '심계신촌' 은 타이중 지역의 인기 명소가 되었다 . 그곳에는 창의적인 소품 , 전통과 현대의 입맛이 결합된 음식을 전문적으로 판매한다 . 또한 타이중은 박물관이 유명하여 , 국립 타이완미술관 , 국립자연과학박물관 , 그리고 교외 우펑시역에 '921 지진교육원구' 등이 있다 . 해가 지고 나면 타이중 야시장으로 가보자 . 걸으면서 여러 가지 음식을 맛보는 것도 좋다 .

　　如果想要享受購物和美食，首先請到台中西區的市民廣場一帶吧！這裡是近年來台中最熱鬧的地區，每到假日就會有許多人在廣場上遛狗和遛小孩。每年十月在市民廣場上舉辦的爵士音樂節，總是吸引大批人潮，前來共度充滿情調的秋季夜晚。周邊還有勤美誠品、異國餐館與傳統小吃、時尚咖啡廳等等，可以在此享受都會區的休閒生活。

　　近年剛由眷村改建的「審計新村」，也成為了台中市區的人氣景點，那裡專門販賣文創小物，以及結合傳統與現代口味的食物。此外，台中也以博物館聞名，有國立台灣美術館、國立自然科學博物館，以及位於郊區霧峰的「九二一地震教育園區」等等。在太陽西下後，造訪台中的夜市，邊走邊品嚐各式美食也不錯喔！

단 어 單 字

1. 정겹다 [情 --] 形容詞 深情、多情
3. 창의적 [創意的] 名詞 有創意的、創造性的
4. 입맛 名詞 口味、胃口

1. 국립타이완미술관에는 전통예술에서 현대미술에 이르기까지 다양한 분야의
   소장품을 보유하고 있어요 . 종종 국제 예술 전시회도 열려요 .
   國立台灣美術館擁有從傳統藝術到當代美術等多領域的收藏，也時常舉行國際藝術展覽。

2. 국립자연과학박물관에는 인터랙티브 전시 과학 센터가 있으며 아이맥스 영
   화관 및 식물원이 있어요 .
   國立自然科學博物館設有互動式展覽的科學中心、高解析大銀幕電影院以及植物園。

3. 921 지진교육원구는 자연과학박물관의 분관으로 1999 년에 발생한 921 지
   진의 재해를 면밀히 관찰할 수 있어요 .
   九二一地震教育園區是自然科學博物館的分館，能近距離地認識 1999 年發生的九二一大地震
   所造成的災害。

4. 재즈축제 기간에는 시민광장 곳곳에서 노점상들이 각국 요리와 음료 및 주
   류를 판매해요 .
   爵士音樂節的活動時期，市民廣場四周會販售各國料理、飲料和酒類的攤販。

단 어	單	字					

1. 보유하다 [保有 --] : 動詞 擁有、具有、持有
2. 종종 [種種] : 副詞 時常、經常
3. 면밀히 [綿密 -] : 副詞 仔細地、縝密地
4. 곳곳 : 名詞 到處

무엇을 먹을까요？

1. 따미엔끙은 고기조림에 양파를 더해 맛을 낸 타이중의 특산품이에요 . 국수가 매우 굵어서 면을 삶는 데는 약 1 시간이 걸려요 .

   大麵羹是以肉燥加蔥調味的台中特產。因為麵條很粗，煮麵時間要花上 1 小時。

2. 이중지에의 펑런빙은 매실 맛 빙수에 아이스크림과 팥을 넣은 맛있는 디저트예요 .

   一中街的豐仁冰是在梅子刨冰上加上冰淇淋和蜜花豆而成的美味甜點。

3. 러위엔은 고구마 분말로 만든 얇은 피에 다진 돼지고기와 죽순을 넣어 만든 음식이에요 .

   所謂的肉圓，是用地瓜粉包裹豬絞肉和竹筍的內餡所製成的東西。

4. 버블 밀크티로 불리는 쩐쭈나이차의 원료는 홍차와 우유 , 그리고 달고 쫀득쫀득한 타피오카 펄이에요 .

   珍珠奶茶的原料包括紅茶、牛奶和香甜有嚼勁的珍珠粉圓。

5. 전통 행인차의 행인 (杏仁) 이란 견과류 아몬드가 아니라 살구씨를 말하는 것으로 독특한 향을 지니고 있어요 .

   傳統杏仁茶所使用的杏仁並非堅果杏仁 (Almond)，而是取自杏桃 (Apricot) 的果核，帶有特殊的香氣。

단 어 單 字

1. 굵다 : 形容詞 粗
2. 넣다 : 動詞 放入、加入 (調味料等)
3. 쫀득쫀득하다 : 形容詞 有嚼勁、具韌性的
4. 살구씨 : 名詞 杏桃的果核

난터우 南投

Q 난터우는 어디에 있을까요 ? 어떤 곳일까요 ?

──────────── 南投在哪裡呢 ? 是個怎樣的地方 ?

　　타이완의 한가운데 위치한 난터우현은 타이완 제 2 의 현으로 유일하게 바다에 접하지 않는 곳이다 . 난터우에는 중앙산맥이 우뚝 솟아 있고 , 허환산과 동북아시아 최고봉인 옥산 등 수많은 산이 끊임없이 이어져 있다 .

　　현내에는 타이완에서 제일 크고 , 아름다운 호수인 르웨탄이 있다 . 그곳은 타이완에서 제일 긴 하천인 쥐수이강의 근원이다 . 그 외 '차현' 이라는 명칭을 가진 난터우는 찻잎의 중요한 생산지다 . 이곳의 기후는 시원하고 안개가 많아 우롱차를 재배하는 데 적합하고 , 생산된 찻잎의 품질도 세계에서 손꼽힐 정도로 우수하다 .

　　位於台灣正中央的南投縣，是台灣第二大縣，也是唯一沒靠海的縣。南投境內中央山脈聳立，包括合歡山和東北亞最高峰玉山等多數山巒綿延。

　　縣內有台灣最大且最美的湖—日月潭。那裡是台灣最長的河川—濁水溪的源頭。另外，具有「茶縣」之稱的南投，是茶葉重要產地之一，因氣候涼爽且多霧而適合栽培烏龍茶，出產的茶葉品質也是全世界屈指可數。

단 어 單 字			
1. 한가운데 : 名詞 正中間、正中央		3. 이어지다 : 動詞 相連、相接	
2. 우뚝 : 副詞 高高地、突出地、蔚然聳立地		4. 손꼽히다 : 動詞 屈指可數	

Q 난터우현에 어떤 관광 명소가 있을까요?

—————————— 南投縣有哪些觀光景點呢?

　　난터우현의 아름다운 산 풍경과 맑은 공기는 자연을 사랑하는 사람들을 많이 끌어들인다. 등산 혹은 하이킹을 사랑한다면 옥산국립공원의 3000 미터가 넘는 높은 산과 여러 개의 관광 코스에 도전해 보자! 그중, 허환산은 특별히 관광객들에게 인기가 많다. 많은 사람들이 겨울에 눈을 감상하고, 여름에는 꽃구경을 하러 온다. 그러나 비뤼호수와 휴양호텔이 있는 르웨이탄이야말로 타이완에서 가장 인기가 높은 관광지다!

　　르웨이탄에서 10km 거리에 위치하는 푸리는 산으로만 둘러싸인 작은 마을이다. 오랫동안 많은 예술가와 창작 종사자들에게 영감을 가져다 주었다. 기타 명소로 난터우의 칭징농장은 타이완에서 가장 유명한 관광농장이다. 그리고 시토우는 대나무와 편백니무가 무성한 산속의 휴양지다.

　　南投縣的美麗山景和清新空氣吸引不少愛好大自然的人們。喜愛登山或健行的話,玉山國家公園有超過 3000 公尺的高山和數條旅遊路線喔!其中,合歡山也特別受觀光客歡迎。很多人都會來此冬季賞雪、夏季賞花。不過,有著碧綠湖水和度假飯店的日月潭才是現今台灣人氣最旺的觀光景點吧!

　　位於距日月潭約 10 公里遠的埔里,是個被山巒圍繞的小鎮,長久以來都帶給許多藝術家或從事創作的人們靈感。其他景點還有,位於南投的清境農場這個全台最著名的觀光農場,以及竹林和檜木繁茂的山中度假勝地溪頭。

단 어 單 字

1. 코스 [course] : 名詞 路線、行程
2. 꽃구경 : 名詞 賞花
3. 둘러 싸 이 다 : 動詞 被環繞、被包圍
4. 종사자 [從事者] : 名詞 工作人員

아오완따는 어디에 있을까요? 어떤 곳일까요?

—— 奧萬大在哪裡呢？是個怎樣的地方？

　　'타이완 단풍의 고향' 이라고 불리는 아오완따는 난터우현 국립자연휴양지 내에 위치한, 타이완에서 가장 인기가 많은 단풍 명소다. 아오완따는 고산 골짜기 지형에 속하여 관광객은 유명한 아오완따 구름다리에서 완따 북쪽 계곡과 남쪽 계곡을 흐르는 아름다운 풍경을 한눈에 볼 수 있다. 날씨가 맑을 때는 중앙산맥의 우뚝 솟은 산세를 멀리서 조망할 수 있다. 아오완따의 단풍나무 지역은 타이완에서 가장 큰 단풍나무 자연림으로서 단풍철에는 관광객으로 항상 북적거린다. 단풍 외에도 봄에는 분홍색 벚꽃, 여름밤에는 날아다니는 반딧불이, 가을에는 보름달과 밤하늘을 가득 채운 별, 그리고 겨울에는 아름다운 낙우송이 숨을 멎게 할 정도로 깊은 감동을 준다.

　　被稱為「台灣楓葉故鄉」的奧萬大，位於南投縣國家森林遊樂區園區內，是全台灣最受歡迎的賞楓勝地。奧萬大屬於高山河谷地形，遊客們可以在著名的奧萬大吊橋上，一覽萬大北溪與南溪匯流的壯麗風景，天氣晴朗時甚至能遠眺中央山脈高聳的山勢。奧萬大的楓林區擁有全台最大的天然楓香純林，楓紅時節遊客總是絡繹不絕。除了著名的楓葉之外，春天有粉紅色的櫻花；夏夜有交錯飛舞的螢火蟲微光；秋天有滿天的星空與滿月；然後在冬天還會因美到令人屏息的落羽松而深受感動吧。

단어 單字

1. 단풍 [丹楓] 名詞：楓紅
2. 속하다 [屬--]：動詞 屬於
3. 한눈에 볼 수 있다：常用表達 一覽無遺、一眼就能看到(的視野)
4. 벚꽃：名詞 櫻花

1. 푸리에 있는 광싱제지소에서는 전통적인 제지 기법을 배울 수 있고 , 손으로 종이 제작을 체험할 수 있어요 .

   在埔里的廣興紙寮，可以學到傳統的造紙技巧，也可以體驗手工紙製作。

2. 푸리양조장에서는 술을 어떻게 만드는지 배울 수 있고 , 무료로 술을 시음할 수 있어요 .

   在埔里酒廠，可以學習到如何釀造酒，也可以免費試喝酒。

3. 시토우의 시원한 기후와 아름다운 숲은 신혼여행을 보내기에 매우 좋아요 .

   溪頭的涼爽氣候和美麗的森林非常適合度蜜月。

4. 이곳에는 수령이 2800 년이나 된 거대한 편백나무가 있고 산책로도 설치되어 , 새들을 감상하기에 상당히 좋은 곳이에요 .

   這裡有棵樹齡兩千八百年的巨大檜木，並設置了步行道，是個相當適合賞鳥的地方。

5. 시토우 근처의 요괴마을은 유명한 전통 목조 건물과 귀여운 요괴 조형물이 있는 일본식 관광명소예요 .

   溪頭附近的妖怪村，是有著傳統木造建築和可愛妖怪雕像的日式觀光景點。

단 어 單 字	
1. 기법 [技法] : 名詞 技巧、手法	4. 신혼여행 [新婚旅行] : 名詞 蜜月旅行
2. 종이 : 名詞 紙張	5. 거대하다 [巨大 --] : 形容詞 巨大的
3. 시음 : 名詞 試飲、品酒	6. 조형물 [造形物] : 名詞 造形

자이
嘉義

Q 자이는 어디에 있을까요 ? 어떤 곳일까요 ?

—— 嘉義在哪裡呢 ? 是個怎樣的地方 ?

　　자이시의 옛날 명칭은 '제라' 였다 . 300 년이 넘는 역사를 간직한 도시로서 석후 (돌원숭이) 조각공예 , 쟈오즈타오 , 회화 등이 타이완에서 유명하다 . 석후 조각사들이 타이완 원숭이를 소재로 살아있는 뜻한 석후를 정성을 들여 조각한 것이 '자이 석후' 의 특별한 문화를 만들어냈다 .

　　쟈오즈타오는 자이의 전통 도자기로서 자이를 대표하는 또 다른 예술의 하나이다 . 색상이 매우 밝고 청초해서 '보석유' 라는 훌륭한 명칭를 갖고 있다 . 쟈오즈타오 도기 공예의 소재는 주로 인물과 동물인데 , 정교하고 복잡한 작업을 요한다 . 그 중에서도 " 사자의 곱슬머리 " 는 쟈오즈타오의 가장 대표적인 성형기술로 , 도예가들이 흙의 특성과 유약의 색채를 절묘하게 결합하여 만들어낸 황금비율의 나선형 입체는 매우 섬세하고 정교하다 . 쟈오즈타오의 최고의 선택이라고 할 수 있다 .

　　嘉義市舊名為「諸羅」，是一座建城三百多年的城市，以石猴雕刻工藝、交趾陶、繪畫等，聞名全台。石猴雕刻藝師們以台灣彌猴為題材，精心雕刻活靈活現的石猴，造就當地「嘉義石猴」的文化特色。

　　交趾陶也是嘉義的另一項藝術特色，顏色亮麗，清新脫俗，因此有「寶石釉」的美譽。交趾陶塑形的題材內容，以人物、獸類居多，做工精細繁複，其中又以「獅捲毛」最能代表交趾陶的捏塑技藝，藝師們的巧手，融合陶土特質與釉色運用，黃金比例的螺旋立體造形，做工細緻繁複，是交趾陶的上上之選。

64　歡迎光臨台灣

단 어 單 字

1. 조각공예 [彫刻工藝] : 名詞 雕刻工藝
2. 살아있다 : 動詞 活著、仍有
3. 정성을 들이다 [精誠----] : 常用表達 精心、用心(製作 / 完成某事)
4. 훌륭하다 : 形容詞 優秀、出色、卓越

Q 자이에 어떤 관광 명소가 있을까요?

—— 嘉義有哪些觀光景點呢？

자이현 동북쪽에는 고산 휴양지인 아리산이 있다. 이곳에는 원래 쩌우족이 사는 지역으로 일본이 통치할 당시 진귀한 편백나무를 벌채하기 위해 철도가 건설되었다. 현재는 당시의 노선 일부가 관광에 사용되고 있다.

아리산은 높고 기후가 서늘하여 일 년 내내 많은 관광객이 방문한다. 자이시에서 아리산 삼림철도를 타고 아리산으로 가는 도중, 기후가 다른 세 개의 지역을 지나가게 된다. 열대기후부터 고산기후까지의 경치 변화를 유일하게 감상할 수 있는 특별한 체험이다.

아리산에 도착하면 많은 사람들이 동이 트기 전에 일어나기 위해 일찍 잔다. 왜냐하면 이곳은 빼어난 경치로 유명한 구름 속에서 떠오르는 아름다운 일출의 장관을 감상할 수 있기 때문이다. 아리산은 거대한 타이완 편백나무와 아름답게 개화하는 벚꽃으로 유명하며 원주민 문화도 체험할 수 있는 매우 멋진 곳이다.

嘉義縣東北部有個高山度假勝地阿里山。這裡原為鄒族居住的地方，日據時代為了砍伐珍貴的台灣檜木而建造了鐵路。當時路線的一部分至今仍被使用在觀光上。

阿里山的海拔高且氣候涼爽，一年四季都有大批遊客造訪。從嘉義市搭乘阿里山森林鐵路往阿里山的途中，會經過三個不同的氣候區。能欣賞從熱帶氣候到高山氣候的景緻變化是這裡獨一無二的體驗。

抵達阿里山後，多數人為了在破曉之前起床而早早就寢。因為，這裡可以欣賞到最出名的景色，從「雲海」中升起的美麗日出。阿里山以巨大的台灣檜木和美麗盛開的櫻花馳名，也是個能體驗原住民文化的絕佳地點。

단어 單字

1. 진귀하다 [珍貴 --]: 形容詞 珍貴的、難得的
2. 벌채 [伐採]: 名詞 砍伐、採伐
3. 지나가다: 動詞 經過、度過
4. 떠오르다: 動詞 升起、浮現
5. 일출 [日出]: 名詞 日出

1. 아리산에서 일출을 감상하기에 제일 적합한 곳은 쭈산이에요 . 아리산 기차
역에서 삼림철도를 타면 갈 수 있어요 .

最適合觀賞阿里山日出的地點是祝山。可從阿里山火車站搭乘森林鐵路造訪。

2. 션무역 근처 산길에는 수십 그루에 달하는 거대한 타이완 편백나무가 있고 ,
그중 몇 가지 나무의 나이는 2000 년이 넘어요 .

神木車站附近的步行道上，有多達數十棵的巨大台灣檜木，其中有些樹齡已超過 2000 年。

3. 아리산 국립공원에는 8 개의 쩌우족 마을이 있고 , 이곳에 방문하면 원주민
전통문화와 수공예품을 만날 수 있어요 .

阿里山國家風景區內有八個鄒族村落，造訪此地可以接觸原住民傳統文化和手工藝品。

4. 펀치후는 산속의 작은 마을이에요 . 라어지에 (옛 거리) 를 간직하고 있
어 '남부 타이완의 지우펀' 이라고 불리고 있어요 .

奮起湖是座落於山間的小城鎮，因保有老街而被稱為「南台灣九份」。

5. 히노키 빌리지는 원래 일제 강점기 때 아리산 임업 개발을 위해 지은 숙소예
요 . 모든 편백나무는 건축재로 쓰였고 , 옛날에는 '히노키쵸' 라 불렸어요 .
복구 후 일본식 문화 유적 부락으로 유지되었고 , 지아이의 새로운 인기 관
광지중 하나가 되었어요 .

檜意森活村原是日治時期為開發阿里山林業而建的宿舍，因皆以檜木為建材，故舊稱為檜町。
經修復後成為保留日式風韻的文創聚落，也是嘉義的新興熱門景點之一。

단 어 單 字

1. 산길 [山 -] : 名詞 山路
2. 수공예품 [手工藝品] : 名詞 手工藝品
3. 옛 : 冠形詞 以前的、舊的
4. 숙소 [宿所] : 名詞 住所、住處
5. 건축재 [建築材] : 名詞 建材

chapter 1-3

南部

快活 · 艷陽 · 美食

墾丁
高雄
台南

컨 딩
墾丁

Q 컨딩은 어디에 있을까요 ? 어떤 곳일까요 ?

———— 墾丁在哪裡 ? 是個怎樣的地方 ?

컨딩은 타이완 최남단에 위치한 바캉스 휴양지다 . 중국어로 '영원한 봄' 을 뜻하는 '헝춘' 은 반도의 끝자락에 있다 . 어느 청나라 관원이 이곳을 개간하기 위해 광동으로부터 많은 장정을 불러들였다고 해서 컨딩이라는 이름이 지어졌다 .

타이완 해협 , 바시 해법 , 태평양 , 이렇게 삼면이 바다로 둘러싸인 컨딩은 , 숲 , 언덕 , 사빈해안선 등이 있다 . 일제 강점기 때에 컨딩은 이미 타이완에서 가장 인기 있는 관광 명소가 되었다 . 1982 년 이후 컨딩의 아름다운 풍경을 보존하기 위해 , 타이완의 첫 번째 국립공원인 '컨딩 국립공원' 으로 지정되었다 .

墾丁是位在台灣最南端的熱帶度假勝地，位在中文意指「永遠是春天」的「恆春」半島的尾端。由於某位清朝的官員從廣東招來許多為了開墾此地的壯丁，所以才被命名為墾丁。

在面臨台灣海峽、巴士海峽、太平洋，三面環海的墾丁，也有著森林、山丘、沙濱海岸線等等。在日據時代，墾丁就已成為台灣最受歡迎的觀光景點。之後到了 1982 年， 為了保留墾丁的美麗風景，成立了台灣的第一座國家公園「墾丁國家公園」。

단 어 單 字

1. 바캉스 [vacance(法語)] : 名詞 度假
2. 뜻 하 다 : 動詞 意指、意味著
3. 끝 자 락 : 名詞 最末端
4. 불 러 들 이 다 : 動詞 叫進去、召喚
5. 해 협 [海峽] : 名詞 海峽
6. 언 덕 : 名詞 丘陵、小山坡

Q 컨딩은 뭐가 재미있을까요?

———————— 墾丁有哪些好玩的？

　　컨딩은 타이완에서 유일한 열대 휴양지로 많은 관광객들은 선텐을 즐기고 아름다운 모래사장을 한가로이 걷는다 . 바이샤완과 난완에서는 각종 수상 스포츠와 활동을 체험할 수 있고 , 모래사장에 누워 햇볕을 쬐면 몸은 예쁜 구릿빛으로 변한다 .

　　자연의 아름다움을 더 즐기고 싶다면 풍부한 열대식물 , 조류와 나비 등이 있는 컨딩 산림휴양공원을 추천한다 . 경치를 더 만끽하고 싶다면 오토바이를 빌려 해안선을 달리면서 마오비토우 , 촨판스 , 어롼비 등대와 지아러쉐이 등의 명소를 둘러볼 수 있다 . 4 월에 방문한다면 타이완 최대 야외음악 축제인 '컨딩 춘나' 를 절대 놓치지 말자 !

　　墾丁因為是台灣僅有的熱帶度假勝地，所以大多數的觀光客都是為了享受日照和在美麗的沙灘上漫步而來。在白沙灣和南灣可以體驗各種水上運動和活動，也可以躺在沙灘上曬出一身漂亮的古銅色。

　　想更加享受大自然美景的話，有豐富熱帶植物、鳥類和蝴蝶等等的墾丁森林遊樂區是首選。想飽覽風景，也可以租輛機車，沿著海岸線馳騁，周遊貓鼻頭、船帆石、鵝鑾鼻燈塔和佳樂水等景點。在四月造訪的話，可千萬別錯過台灣最大型戶外音樂節「墾丁春吶」！

단 어 單 字

1. 선텐 [suntan] : 名詞 日光浴
2. 모래사장 [-- 沙場] : 名詞 沙灘
3. 한가로이 [閑暇 --] : 副詞 悠閒地
4. 햇볕 : 名詞 陽光
5. 쬐다 : 動詞 照射
6. 등대 [燈臺] : 名詞 燈塔
7. 놓치다 : 動詞 錯過、錯失、放掉

Q 컨딩은 뭐가 재미있을까요?

———————————————————————— 墾丁有哪些好玩的？

    컨딩 외에도 핑둥에 가면 다펑완을 구경할 수 있다 . 다펑완 국가관광특구에는 천연자원 , 역사인문 , 타이완 최고의 해양 및 공중레저를 즐길 수 있는 천혜의 자연 조건이 있다 . 그래서 육해공 세 가지를 테마로 한 레저시설이 만들어졌는데 , 비행체험 , 자동차 레이싱 , 카누 , 윈드서핑 , 보트가 있다 . 그중 자동차 레이싱 파크는 자동차 동호인들의 뜨거운 관심을 받는 곳으로 , 이곳은 타이완 최초의 G2 국제 자동차 레이싱 경주장이다 . 또 샌드 버기註 훈련장은 자동차 레이싱 동호인들의 실력 발휘에 최적의 장소이다 .

    除了墾丁，來到屏東也可以到大鵬灣一遊。大鵬灣國家風景區擁有天然資源、歷史人文、台灣最佳的海洋基地，以及空中活動區等獨厚的天然條件，因此規劃了涵蓋海、陸、空三個主題遊樂設施，提供了輕航機的飛行體驗、賽車樂園、獨木舟、風浪板、手划船。其中賽車樂園是車友們津津樂道的主題館，這裡是全台灣第一座 G2 國際賽車場，加上沙地越野訓練場，是喜愛賽車的車友們大顯身手的好地方。

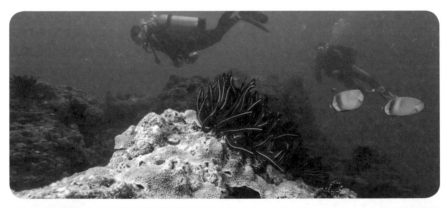

단 어 單 字

1. 테 마 [thema(德語)] : 名詞　主題、題目
2. 자동차 레이싱 경주장 [自動車 racing 競走場] : 名詞　賽車場，亦可作「자동차 경주장」
3. 발 휘 [發揮] : 名詞　發揮

註：沙地越野車稱為「버기카（buggy car）」，因此沙地越野活動被稱為「샌드 버기（sand buggy）」。

1. 흰모래와 맑고 투명한 바닷물로 유명한 바이샤완은 수영과 캠핑에 매우 적합해요 .
   白沙灣以白沙和清澈的海水聞名，最適合游泳和露營。

2. 호우비호 요트항에서는 관광 요트를 이용할 수 있고 , 산호초 부근에서 스노클링이나 잠수 체험도 가능해요 .
   在後壁湖遊艇港，可以搭觀光遊艇，或是體驗在珊瑚礁附近浮潛或潛水。

3. 난완에서는 수상오토바이를 빌리거나 , 패러세일링 또는 요트 수업에 참가할 수 있어요 .
   在南灣，可以租借水上摩托車、參加海上拖曳傘或帆船的課程。

4. '컨딩 춘나 음악축제'에는 수백 팀이 넘는 락앤롤 및 팝 뮤직션들이 타이완 및 세계 각지에서 참가하러 와요 .
   在「墾丁春吶音樂節」，有超過數百組搖滾與流行音樂的藝人從台灣及世界各地來參加。

단 어 單 字

1. 바닷물 : 名詞 海水
2. 요트 [yacht] : 名詞 遊艇
3. 락앤롤 [rock and roll] : 名詞 搖滾樂

가오슝
高雄

 Q 가오슝은 어디에 있을까요 ? 어떤 곳일까요 ?

高雄在哪裡 ? 是個怎樣的地方 ?

타이완 남서부 해안에 위치한 인구 약 300 만 명의 가오슝은 타이완 제 2 의 도시다 . 가오슝은 항구도시로도 유명하여 타이완에서 두번째로 큰 항구이자 세계 6 위 규모의 컨테이너항이다 .

가오슝의 역사를 돌이켜보면 , 청나라 함풍년에 톈진 조약과 베이징 조약 체결 후 , 타이완은 어쩔 수 없이 점진적으로 문호를 개방해야만 했다 . 옛 명칭인 다거우의 가오슝항도 그중 하나로서 , 영국이 타이완 무역을 개척하기 위해 설립한 다거우 영사관은 교민 , 비즈니스 , 협상의 장소가 되었다 . 2003 년부터 가오슝시 문화국이 다거우 영사관을 중건하면서 시유적지로 지정하고 이곳을 우아하고 아름다운 옛모습으로 복원하였다 .

따스한 햇살 아래 시민들이 평온한 삶을 누리는 이곳 가오슝은 , 타이페이에서 고속열차로 금세 방문할 수 있는 훌륭한 관광 명소다 .

地處台灣西南海岸，人口約三百萬的高雄，在台灣是第二大城市。高雄以港都聞名，擁有台灣第二大港、世界排名第六規模的貨櫃港。

回溯高雄歷史，在清朝咸豐年間天津條約與北京條約簽訂後，台灣被迫逐步開放通商口岸，舊名打狗的高雄港，也是其中之一，英國為了拓展對台灣貿易，設立打狗領事館，做為保僑、商務、談判等地方。2003 年起，高雄市文化局重建打狗領事館，並公告為市立古蹟，讓這座優雅美麗的古城重現風華。

高雄都市受惠於和煦的陽光，居住著個性溫和的市民，是個從台北也能搭乘高鐵輕易到訪的絕佳旅遊勝地。

1. 항구도시 [港口都市]： 名詞 港都

2. 체결 [締結] 名詞：簽訂、締結

3. 어쩔 수 없이： 常用表達 不得已、不得不、
   出於無奈

5. 개척하다 [開拓--]： 動詞 開墾、開拓

7. 우아하다 [優雅--]： 形容詞 優雅、高雅

가오슝은 뭐가 재미있을까요 ?

———— 高雄有哪些好玩的 ?

저녁때 가오슝시의 러우허 야시장에 도착한다 . 이곳은 타이완에서 유명한 관광 야시장으로 가오슝 기차역에서 10 분 거리에 위치하고 있고 , 밤이 되면 차들이 붐비고 사람들로 북적거리는 곳이다 .

각양각색의 맛집들이 이곳에 모두 모여 있고 가격도 저렴해서 국내외 관광객들도 거기에 반해서 찾아온다 . 러우허 야시장은 대부분 먹거리 위주로 운영이 되며 , 제일 특이한 모습은 간판이 즐비한 스테이크점이고 그 외 향토적인 맛을 풍기는 해산물 , 소금으로 찐 새우 , 해물죽 , 대왕바리註탕 , 스천야오뚠파이구 , 단짜이미엔 , 투투어위껑 같은 가오슝의 특별한 요리는 모두 맛볼 만하다 .

夜幕低垂之際 , 來到位在高雄市的六合夜市。這裡是台灣有名的觀光夜市 , 距離高雄火車站約十幾分鐘路程 , 入夜後車水馬龍 , 熱鬧非凡。

各式各樣的美食都聚集在此 , 價格經濟實惠 , 國內外觀光客都慕名而來。六合夜市多以小吃為主 , 最特殊的景觀是招牌林立的牛排店 , 此外 , 具有地風味的海產、鹽蒸蝦、海鮮粥、過魚湯、十全藥燉排骨、擔仔麵、土魠魚羹……是高雄市的招牌特色 , 都相當值得品嚐 !

단 어 單 字															

1. 거리 [距離] : 名詞 距離
2. 먹거리 : 名詞 吃的、小吃
3. 풍기다 : 動詞 飄散、散發

註 : 「대왕바리」是台灣俗稱的「過魚」 , 又稱「龍膽石斑」 , 是石斑魚類中體型最大者 , 常見的英文俗名為 'giant grouper'。

Q 가오슝에 어떤 관광 명소가 있을까요 ?

—— 高雄有哪些觀光景點呢 ？

항구 북쪽에 있는 원숭이 산이라고 불리는 '쇼우산' 에서는 가오슝시의 등산로와 동물원 및 사찰을 한눈에 바라볼 수 있다 . 항구에서 유람선을 타면 해산물 식당으로 유명한 치진섬에 갈 수 있고 거기서 자전거 여행도 즐길 수 있다 .

저녁에는 야간 유람선 코스를 통해 아이허의 아름다운 야경을 구경해보는 것은 어떨까 ? 혹시 가오슝 교외로 가게 된다면 메이농 하카문화 1 일 투어에 참가하는 것 도 괜찮다 .

在位於港口北邊、也被稱作猴山的「壽山」，可以一覽高雄市的登山步道、動物園及寺廟。從港口搭渡輪，到以海鮮餐廳聞名的旗津島，也可以在那裡享受騎腳踏車的樂趣！

到了晚上，要不要參加夜航，從愛河看美麗夜景呢？如果想去高雄的郊區，在美濃參加客家文化一日遊行程也很不賴！

단 어 單 字

1. 원숭이 : 名詞 猴子
2. 사찰 [寺刹] : 名詞 廟宇、寺廟
3. 유람선 [遊覽船] : 名詞 觀光船、接駁交通船
4. 교외 [郊外] : 名詞 郊外、市郊

1. 1865 년에 지어진 구 영국영사관은 항구 근처의 언덕 위에 있어요 .

　1865 年建造的前英國領事館，在港口附近的山丘上。

2. 멋진 붉은색 벽돌 건물에는 역사 자료가 전시되어 있고 티타임을 즐길 수 있는 레스토랑이 있어요 .

　漂亮的紅磚建築中，有歷史資料展示和可以享受下午茶的餐廳。

3. 메이농은 가오슝시 중부에 있는 작은 하카 마을이에요 .

　美濃是位在高雄市中部的一個小客家村落。

4. 메이농 민속촌에서는 기름종이 우산 제작 과정을 구경할 수 있고 , 맛있는 하카요리를 즐길 수 있어요 .

　在美濃民俗村，可以參觀油紙傘的製作，享用美味的客家菜。

5. ‘드림몰’은 타이완 최대 규모의 쇼핑센터로 , 영화관 및 헬스장이 있고 옥상에는 놀이공원이 있어요 .

　「夢時代」是全台規模最大的購物中心，裡面有電影院及健身房，頂樓有遊樂園。

단 어 單 字

　1. 하카 [Hakka] : 名詞 客家
　2. 기름 : 名詞 油、油脂
　3. 규모 [規模] : 名詞 規模
　4. 놀이공원 : 名詞 遊樂園

타 이 난

台南

Q 타이난은 어디에 있을까요 ? 특별한 점이 있을까요 ?

―――――――― 台南在哪裡 ? 有什麼特別之處 ?

　　타이난은 태양이 가득 내리쬐는 남서쪽 해안에 위치하고 있다 . 원래 원주민 시라야족이 여기서 살고 있었으나 17 세기 반부터 네덜란드인이 통치하게 되었다 . 네덜란드인은 여기에 질란디아 요새를 지어 무역의 중심지로 삼고 타이완을 식민 통치하게 되었다 . 이들의 통치는 명나라 충신인 '정성공' 에 의해 쫓겨날 때까지 지속되었다 .

　　그 후 청나라 통치 시기에는 타이난이 타이완성의 수도로 지정된 적이 있다 . 20세기 일본인들이 현대적인 문물을 많이 심었으나 지금은 더이상 타이난이 정치와 경제의 중심지는 아니지만 , 유서 깊은 도시임에는 틀림없기에 타이완의 '문화수도' 라고 부를 수 있을 것이다 .

　　台南位在陽光充足的西南海岸。原本是西拉雅人在此生活，但 17 世紀中葉時改由荷蘭人統治。荷蘭人建造了熱蘭遮城做為貿易中心，在那裡統治成為他們殖民地的台灣，政權一直持續到被明朝的忠臣「國姓爺（鄭成功）」逐出台灣為止。

　　之後，在清朝統治時，台南也曾被指定為台灣省的首府。而到了 20 世紀初，日本人將現代基礎建設帶到了台南。現在台南雖然已經不再是政治與經濟的中心地，但這座擁有悠久歷史的城市，的確可稱為台灣的「文化首都」。

단 어	單 字									

1. 수도 [首都] : 名詞 首都
2. 틀림없이 : 副詞 無庸置疑地、肯定地

타이난에 어떤 관광 명소가 있을까요?

— 台南有哪些觀光景點呢?

타이난의 대부분의 유적지는 도시 서쪽에 밀집해 있다. 안핑구에서는 현재 안핑구 바오라고 불리는 질란디아성 및 억재금성을 방문할 수 있다. 또한 안핑구 동쪽의 중서구에는 네덜란드 통치 시절의 프로방시아성 텅에 세워진 건축물 츠칸러우가 있다.

타이난에도 많은 사당이 모여있는데 타이난 시내와 주변에만 300 여곳 이상의 사당이 있다. 귀중한 사당들은 앞에서 말한 츠칸러우 근처에 많이 있어서, 성황묘, 타이완 제일의 공자묘, 도교의 천공묘 및 정성공을 모시는 연평군왕사를 구경할 수 있다.

台南大部分的古蹟都位在城市的西半邊。在安平區，你可以造訪現在被稱為安平古堡的熱蘭遮城以及億載金城。而在安平區東邊的中西區，則有蓋在荷蘭殖民地時代的普羅民遮城遺址上的建築物—赤崁樓。

台南也聚集了許多的廟宇，在台南市內和周遭共有三百座以上的廟宇。許多寶貴的廟宇就在前述的赤崁樓附近，可以參觀城隍廟、台灣第一座孔廟、道教的天公廟或奉祀鄭成功的延平郡王祠。

단 어	單 字				
1. 방문하다 [訪問 --] : 動詞 拜訪、造訪			**3. 귀중하다** [貴重 --] : 形容詞 貴重、寶貴		
2. 통치 [統治] : 名詞 統治			**4. 도교** [道教] : 名詞 道教		

1. 음력 정월 15 일 타이난 근처의 옌수이라는 소도시에서 펑파오 축제가 열려요 .

   農曆正月十五日，台南附近叫做鹽水的小城鎮會舉辦蜂炮節。

2. 지금까지 옌수이 사람들은 폭죽을 터트리면 전염병을 옮기는 악령을 쫓아낼 수 있다고 생각했어요 .

   從前在鹽水的人們認為透過施放爆竹，就能驅趕讓傳染病蔓延的惡靈。

3. 전염병이 지나가고 그 후 옌수이 지방에서는 펑파오 축제를 열어 이를 축하했어요 .

   傳染病不久後就結束了，在那之後在鹽水這個地區便開始舉辦蜂炮節來慶祝這件事。

4. 이 축제의 특색은 폭죽과 화전포를 하늘을 향해 쏘는 게 아니라 , 사람들을 향해 쏘는 것이에요 .

   這個節慶的特色在於，爆竹和火箭砲不是朝著天空，而是對著人群施放。

5. 마음먹고 참가하려면 , 두꺼운 외투와 장갑 , 헬멧을 꼭 착용해야 해요 . 그렇지 않으면 펑파오 (폭죽) 에 화상을 입을 수도 있어요 .

   下定決心要參加的話，要是沒穿很厚的外套、戴手套和安全帽，就會被蜂炮炸傷喔！

단 어 單 字

1. 터트리다 : 動詞 爆炸、炸裂
2. 쫓아내다 : 動詞 趕走、轟出去
3. 쏘다 : 動詞 射擊、發射
4. 착용하다 [着用 --] : 動詞 穿戴
5. 화상 [火傷] : 名詞 燒燙傷

chapter 1-4

東部

與心靈接軌・純粹慢活

宜蘭
台東
花蓮

이 란
宜 蘭

Q 이란은 어디에 있을까요 ? 무슨 특별한 점이 있을까요 ?

———— 宜蘭在哪裡 ? 有什麼特別之處 ?

이란현은 타이완 동북쪽에 산과 바다 사이에 자리잡고 있다 . 이런 지리적 여건은 풍부한 자연환경과 여유로운 생활방식을 가져다 주었다 . 숲 , 하천 , 온천과 냉천 , 아름다운 해안선 , 모래사장 , 해양생물 관람에 이르기까지 야외활동을 즐기기에 안성맞춤인 곳이다 .

란양 평원의 중앙에 위치한 이란시는 타이완 북동 연안의 주요 교통 중심지다 . 아시아에서 두 번째로 긴 고속도로 터널인 설산터널이 완공된 뒤 타이베이에서 이란까지 차로 한 시간밖에 걸리지 않아 주말에는 가족단위로 이란을 찾는 관광객이 많아졌다 .

宜蘭縣位於台灣東北部的山和海之間，這樣的地理位置孕育了豐富的自然環境以及悠閒的生活方式。從森林、河川、溫泉和冷泉，美麗的海岸線、沙灘，到觀賞海洋生物，宜蘭縣是很適合享受戶外活動的地方。

而位於蘭陽平原中央的宜蘭市，是台灣東北沿岸的主要交通樞紐。在亞洲第二長的高速公路隧道—雪山隧道完工後，從台北開車到宜蘭僅需一小時，週末全家到宜蘭出遊的遊客也越來越多了。

단	어	單	字										

2. 모래사장 [-- 沙場] : 名詞 沙灘

3. 이르다 : 動詞 到、至

4. 안성맞춤 [安城 --] : 名詞 正好、恰如其分

5. 터널 [tunnel] : 名詞 隧道

6. 많아지다 : 動詞 增加、增長

이란의 문화 명소에는 어떤 것들이 있을까요 ?

宜蘭的文化景點有哪些？

타이완의 전통 예술 문화에 대해 관심이 있다면 , 국립전통예술센터나 타이완 연극관에 가 보는 것도 좋을 것이다 . 그 외 오랜 역사를 지닌 사당이나 , 해양 수호신인 마주를 모시는 소응궁 , 무신 관성제군을 모시는 협천궁 등도 좋다 .

이란은 여름에 많은 행사가 있는데 , 그중 6 월에 개최되는 어롱천 드래곤보트 대회 , 7 월에 열리는 이란 국제 어린이 졸이 축제가 많은 관광객들에게 인기가 있다 . 저녁에 뤄동야시장으로 같이 가 보자 ! 빠오신천위엔 , 총삥 , 양고기탕 같은 이란 음식을 음미해 보자 . 야시장에는 많은 가게들이 있어서 저렴한 옷과 신발을 살 수 있다 .

如果對台灣的傳統藝術文化有興趣，也可以去國立傳統藝術中心或台灣戲劇館參觀。此外，造訪歷史悠久的寺廟，像是供奉海洋守護神媽祖的昭應宮，或是供奉武神關聖帝君的協天宮等等也不錯。

宜蘭在夏季有許多的活動，其中在六月舉辦的二龍河龍舟賽、七月的宜蘭國際童玩節受到相當多觀光客歡迎。晚上一起前往羅東夜市吧！品嚐包心粉圓、蔥餅及羊肉湯等宜蘭小吃。夜市還有許多店家，可以買到平價的衣服和鞋子。

단 어 單 字

1. 사당 [祠堂] : 名詞 寺廟、廟宇
2. 행사 [形事] : 名詞 活動、儀式
3. 개최 되 다 [開催 --] : 動詞 (被)舉辦、舉行、召開
4. 저렴 하 다 [低廉 --] : 形容詞 廉價、便宜

이란에 어떤 관광 명소가 있을까요 ?

—————————————— 宜蘭有哪些觀光景點呢 ?

이란 우쓰항 가까이에는 외관이 독특한 박물관인 '란양박물관' 이 있는데 , 이란의 현지 문화를 소장 , 연구 , 홍보 및 전승하기 위해서 2010 년에 개관하였다 . 란양박물관은 케스타 지형을 본뜬 기하학적 건축물로 , 지붕은 바닥과 20 도의 완만한 경사 , 가장 가파른 벽면은 바닥과 70 도를 이루면서 평지에서 건물 한 채가 자라난 것처럼 그지역 경관과 잘 어울려 이 지역의 랜드마크가 되었다 .

온천으로 유명한 이란 자오시향은 약산성의 탄산천이 나트륨 , 마그네슘 , 칼슘 등의 화학성분이 풍부한데 타이완에서는 흔치 않은 평지온천이다 . 온천은 수질이 맑고 악취가 없으며 수온은 약 58 도다 . 샤워나 목욕 후 피부가 매끄러워지는 것을 느낄 수 있어 자오시를 방문하는 관광객의 필수 코스 중 하나이다 .

在宜蘭烏石港附近，有一座外型特殊的博物館「蘭陽博物館」，為了典藏、研究、推廣以及傳承宜蘭的在地文化，蘭陽博物館於 2010 開館，建築設計以單面山的幾何造型，屋頂與地面夾角 20 度，尖端牆面與地面成 70 度，看起來像是從平地上長出了一棟建築物，融入當地平原景觀，成為地方的一大特色。

宜蘭礁溪鄉以溫泉聞名，礁溪溫泉屬於弱酸性的碳酸氫鈉泉，富含鈉、鎂、鈣……等化學成分，是臺灣少見的平地溫泉。溫泉水質清澈沒有臭味，水溫約為 58 度，沐浴或是泡澡後，皮膚可以感受到光滑細緻，是旅客造訪礁溪必要的行程之一。

단 어	單 字										

1. 현지 [現地]： 名詞 現場、當地、實地
2. 악취 [惡臭]： 名詞 惡臭
3. 매끄럽다 ： 形容詞 光滑、滑溜溜
4. 코스 [course]： 名詞 路線、行程

1. 국립전통예술센터에서는 조각 , 편직물 및 도자기 등 수공예품을 전시하고
   있어요 .

   在國立傳統藝術中心，展示著雕刻、編織及陶瓷製品等手工藝品。

2. 전통음악 , 춤 , 연극 공연도 즐길 수 있어요 !

   也可以欣賞傳統音樂、舞蹈和戲劇表演喔！

3. 타이완의 오페라인 '거즈시' 와 '부다이시' 에 관심이 있다면 한 번쯤 타이완
   공연장에 가서 보는 것도 좋아요 .

   如果對台灣的歌劇「歌仔戲」和「布袋戲」有興趣的話，可以走一趟台灣戲劇館。

4. 매년 3 월에서 11 월까지 우스깡을 방문해 돌고래 투어를 즐길 수 있어요 .

   每年三月到十一月，可以到烏石港來趟賞鯨豚之旅。

5. 자오시는 타이완에서 가장 인기 있는 온천 명소 중 하나예요 .

   礁溪是台灣最熱門的溫泉景點之一。

6. 쑤아오에서는 세계에서 흔치 않은 냉온천을 즐길 수 있어요 .

   在蘇澳，你可以享受世界上少有的冷泉。

단 어 單 字

| 1. 도자기 [陶瓷器] : 名詞 陶瓷 | 3. 연극 [演劇] : 名詞 話劇、戲劇、舞台劇 |
| 2. 수공예품 [手工藝品] : 名詞 手工藝品 | 4. 돌고래 : 名詞 海豚 |

타이동
台東

Q 타이동은 어디에 있을까요 ? 어떤 곳일까요 ?

—————————— 台東在哪裡呢 ? 是個怎樣的地方 ?

　　타이동은 타이완 동부에 위치한 현으로 , 타이완 도시 중에 해안선이 가장 긴 현이다 . 이 외에도 거대 바위 3 개가 나란히 있는 '산시엔타이' , 들판에 핀 '망우초' 등도 한번 가 볼 만한 관광 명소다 .

　　열대 기후에 속하는 타이동은 산과 바다로 둘러싸여 있다 . 산으로 막힌 지형 탓에 개발은 뒤쳐졌으나 아직도 풍요로운 자연과 소중한 원주민 문화가 남아 있다 . 타이동 현내에서는 베이난 , 포농 등 총 여섯 족의 원주민이 살고 있다 . 현 인구의 3 분의 1 이상이 원주민이고 아울러 타이완에서 가장 많은 유적을 보유하고 있는 곳이다 . 국립타이완 선사문화박물관에는 3 천여 년 전 인류가 사용했던 토기 등이 보존되어 있다 .

　　台東是位在台灣東部的縣 , 是全台面海縣市中海岸線最長的縣。此外 , 也有三塊巨大岩石並列的「三仙台」, 與遍野綻放的「忘憂草」等值得一看的知名景點。

　　屬於熱帶氣候的台東 , 被山海環繞。因地形受山脈阻隔故開發較晚 , 至今仍保留了豐富的自然美景 , 以及寶貴的原住民文化。台東縣內共有卑南、布農等六族的原住民在此生活 , 縣內的人口有三分之一以上都是原住民 , 同時也是保有全台灣最多史跡的地方。國立台灣史前文化博物館內 , 保存了三千多年前人類所使用的陶器等。

단 어 單 字										

　1. 나란히 　副詞　整齊地、排成一列地　　　　3. 유적 [遺跡] : 名詞　遺址、遺跡

　2. 들판 : 名詞　田野　　　　　　　　　　　4. 인류 [人類] : 名詞　人類

Q 타이동에 어떤 관광 명소가 있을까요?

—— 台東有哪些觀光景點呢？

물이 낮은 곳으로 흐르는 것은 모두가 아는 상식이지만, 타이동의 이 곳의 수로는 물이 '높은 곳'으로 흐른다. 이 '물이 위로 흐르는 기이한 광경'은 타이동의 동허향에서 볼 수 있다. 주변 경관이 수면보다 경사도가 높아서 물이 위로 흘러가는 것처럼 보이는 착시효과를 일으킨다. 이같은 반(反)중력의 특이한 경관은 직접 현장에 나가지 않고서는 경험할 수 없다!

타이동의 뒷동산이라 불리는 '타이동 삼림공원'은 도시의 번잡함을 잊게 하는 조용한 곳이다. 광대한 부지의 타이동 삼림공원에는 총 세 개의 호수가 있다. 그중 하나는 비파호라고 하는데 악기 비파처럼 붙여진 이름이다. 공원 안의 비파호는 그림처럼 아름다워서 호수 바닥의 수초까지 훤히 볼 수 있을 만큼 맑고 깨끗하다.

「水往低處流」是大家都知道的常識，但台東有一條溝渠的水是往「高處」流的。這個「水往上流的奇觀」位在台東的東河鄉。聽說那裡因為周圍景物的傾斜度位置比水面高，所以造成人的視覺錯覺，讓水看起來往上流。這個反地心引力的奇特景觀，不親自到現場是體驗不到的喔！

也有台東後花園之稱的「台東森林公園」，是一個可以讓人忘卻城市喧鬧的靜謐之地。占地廣大的台東森林公園內共有三個湖泊。其中之一叫作琵琶湖，聽說是因為形似樂器的「琵琶」而因此得名。公園內的琵琶湖美得就像畫一樣，碧綠的湖水非常清澈，連湖底的草木都可以看得一清二楚。

단 어 單 字

2. 기이하다 [奇異--]：[形容詞] 奇特、古怪
3. 경사도 [傾斜度]：[名詞] 傾斜度、坡度
4. 착시 [錯視]：[名詞] 視覺幻象、視錯覺
5. 일으키다：[動詞] 引起、造成
6. 반중력 [反重力]：[名詞] 反地心引力、反重力

타이동의 문화 명소로는 어떤 것들이 있을까요 ?

台東的文化景點有哪些 ?

　　타이동 현정부는 2011 년부터 매년 루예까오타이에서 국제 열기구 축제를 개최하고 있다 . 매년 여름 아침과 저녁 무렵 하늘을 수놓는 화려한 열기구들과 함께 많은 사람들의 기쁨도 하늘로 떠오른다 . 뿐만 아니라 열기구 축제는 수많은 관광 인파를 불러들여 타이완 관광의 핫플레이스로 부상했다 .

　　타이동의 또 하나의 인기 있는 행사는 풍년제다 . 타이동에는 서로 다른 여러 원주민 부족이 있는데 부족마다 고유의 풍년제를 가지고 있다 . 아미족의 풍년제 , 포농족의 다얼 축제 , 루카이족의 수렵제 , 파이완족의 수확제 , 베이난족의 사냥제가 있다 . 그중에서 가장 큰 부족인 아미족이 최대 규모의 풍년제를 열고 있다 . 이 부족은 좁쌀 풍년을 축하하고 , 조상에게 제사를 지내는 한편 남성의 성년식도 거행한다 . 축제는 부족이 함께 기뻐하고 친목을 다지며 춤을 추는 매우 즐거운 시간이다 .

　　從 2011 年開始，台東縣政府在鹿野高台舉辦國際熱氣球嘉年華。在每年夏天的早晨與傍晚，可以看見繽紛華麗的熱氣球在天空飛翔，熱氣球承載了許多人的歡樂，也帶來了觀光人潮，這裡已成為臺灣觀光旅遊的熱門景點。

　　台東的另一個熱門活動是豐年祭，因台東有不同族群的原住民，各部落都有各具特色的豐年祭，有阿美族豐年祭、布農族打耳祭、魯凱族狩獵祭、排灣族收獲祭、卑南族大獵祭…等。其中以族群最大的阿美族豐年祭最具規模，族人一方面慶祝小米豐收，祭祀祖靈，一方面也祝賀男子成年。藉由祭典與族人同樂，聯誼共舞，非常歡樂。台東縣政府也在規劃夏天祭典活動的文化體驗、夏令營等行程，值得體會一番。

단 어	單 字		
1. 열기구 [**熱氣球**] : 名詞 熱氣球		4. 좁쌀 : 名詞 小米	
2. 무렵 : 依存名詞 時候、時分		5. 한편 [-便] : 名詞 / 副詞 (另)一方面	
3. 사냥 : 名詞 打獵、狩獵			

1. 매년 여름 , 루예에서 열기구 축제가 열려요 . 열기구에 탑승하면 높은 곳에 서 타이동을 내려다볼 수 있어요 .

每年暑期，在鹿野會舉辦熱氣球嘉年華會。搭乘熱氣球，可以從高空俯瞰台東喔。

2. 원주민 부락의 탐방 코스에 참가하면 , 부족장의 집을 참관하여 실제 원주민 요리를 만들어 볼 수 있어 원주민 문화를 더 잘 이해할 수 있어요 .

參加原住民部落參訪行程的話，可以參觀頭目的家、實際體驗製作原住民料理，也能深入了解 原住民文化。

3. 타이동철도예술촌은 옛 타이동 기차역 건물을 활용한 것으로서 옛날 기차역 의 분위기를 체험할 수 있어요 .

台東鐵道藝術村沿用了以前的台東火車站建築，因此可以體驗早期火車站的氣氛。

4. 타이 11 선은 타이완에서 가장 아름다운 해안선이라고 해요 . 숨막히는 절경 들을 놓치지 마세요 .

聽説台 11 線是全台灣最美的海岸線。絕不容錯過令人屏息的絕美景緻。

단 어 單 字

1. 내려다보다 : 動詞 俯瞰、俯視
2. 절경 [絕景] : 名詞 絕景

화 렌
花 蓮

Q 화렌은 어디에 있을까요 ? 어떤 곳일까요 ?
────────────────── 花蓮在哪裡呢 ? 是個怎樣的地方 ?

　　타이완 동부 해안 지역인 화렌은 중앙산맥과 태평양 사이에 위치하고 있고 수려한 자연으로 유명한 곳이다 . 포르투갈 선원들은 1590 년 이곳을 지나갈 때 절경에 감탄해 타이완에게 '포모사' (아름다운 섬) 이라는 이름을 지어줬다 .

　　화렌에서 가장 유명한 관광지는 타이루거 국립공원이다 . 고산과 협곡을 주요 지형으로 하는 환상적인 경관을 자랑한다 . 그중에 유명한 곳은 칭쉐이단애 , 옌즈커우 , 창춘츠 , 주취동굴 등이다 . 칭쉐이단애는 칭쉐이산 동쪽에 있는데 , 그중에서도 칭쉐이산 남동쪽에 있는 낭떠러지가 가장 험준하고 절벽이 해수면까지 5 킬로미터나 이어질 정도로 아주 장관한다 . 이곳에서 태평양의 아름다운 풍경도 감상할 수 있다 .

　　花蓮坐落於太平洋與中央山脈間，位於台灣東海岸，是個以大自然之美聞名的地方。當葡萄牙水手於 1590 年經過此時，對這裡的絕美景致讚嘆不已，於是給了台灣「福爾摩莎之島（秀麗的島嶼）」這個名字。

　　花蓮最負盛名的旅遊景點，是太魯閣國家公園。以高山和峽谷為主要地形特色景觀，有幾個頗負盛名的景觀有：清水斷崖、燕子口、長春祠、九曲洞…等。清水斷崖位於清水山東側，其中以清水山東南大斷崖最為險峻，絕壁臨海面長達 5 公里，非常壯觀。在這裡還可以欣賞太平洋美景。

단 어 ┃ 單 字

1. 포르투갈 [portugal] : 名詞 葡萄牙　　　3. 험준하다 [險峻 --] : 形容詞 陡峭、險峻
2. 섬 : 名詞 島

Q 화렌에 어떤 관광 명소가 있을까요？

花蓮有哪些觀光景點呢？

　　화렌항에서 출발하면 고래 구경도 할 수 있다！항구를 벗어나 멀리서 화렌의 산을 바라보면 이루 말할 수 없이 아름답다．바다 위에서 바다와 가까워질 수 있는 아주 소중한 체험이 될 것이다！매년 봄이 되면 대형 고래가 화렌의 동쪽 바다를 통과하는 시기다．그 외에 향유고래，흑범고래 등 대형고래도 볼 수 있다．운이 좋으면 돌고래떼를 만나 배 옆에서 뛰어노는 돌고래들과 함께 즐거운 시간을 보낼 수도 있다．이것은 아주 특별한 해상 체험이 될 것이다．

　　모험을 좋아한다면 슈구란계곡의 래프팅이나 펑림게저단지의 낙하산에 도전해 보자．모험이 끝나고，루이수이 온천욕으로 지친 몸을 쉬게 해주면 느긋한 마음으로 하루의 마침표를 찍을 수 있다．

　　從花蓮港出發，還能出海體驗賞鯨樂趣！出了港口，遙望花蓮的山，是一種美，在海上可與大海親近，更是難能可貴的享受！在每年的春分李節，正是大型鯨通過花東外海的時節，也能看到抹香鯨，偽虎鯨…等大型鯨魚。幸運的話，還能遇到海豚群在船隻旁跳躍，與民眾同樂，是非常特別的海上活動。

　　如果想要冒點險，可以挑戰秀姑戀溪的泛舟，或鳳林遊憩園區的飛行傘喔！冒險完後，泡瑞穗溫泉讓疲勞的身體充分休息，便能以放鬆的心情為一天畫下休止符。

단	어	單	字								

1. 고래 ： 名詞 鯨魚
2. 벗어나다 ： 動詞 脫離、擺脫、出了(某地)
3. 바라보다 ： 動詞 凝望、眺望
4. 떼 ： 名詞 群
5. 낙하산 [落下傘] ： 名詞 降落傘
6. 느긋하다 ： 形容詞 悠閒、從容

1. 치싱탄은 화롄시 북쪽 해안에 있는 곳으로 산맥과 해안이 어우러져 절경들을 감상할 수 있어요.
七星潭位於花蓮市北部的近海地方，可以欣賞到山脈與海岸交織而成令人屏息的絕佳美景。

2. 매년 8 월부터 9 월까지는 츠커산에서 원추리 밭을 구경할 수 있어요.
每年八月到九月，在赤科山可觀賞金針花花田。

3. 타이완 동쪽에 가장 긴 슈구란계곡에서 래프팅을 하면 스릴과 아름다운 경치를 동시에 즐길 수 있어 추천할 만한 액티비티 활동이에요.
在東台灣最長的秀姑巒溪泛舟，能同時享受刺激與美景，是個值得推薦的活動。

4. 고래를 보려면 스띠강이나 화롄항에서 출발해야 해요.
要賞鯨的話，可從石梯漁港或花蓮港出發。

5. 1917 년에 한 일본인이 개발한 루이수이 온천은 타이완에서 유일한 약 알칼리성 탄산천이에요.
1917 年某位日本人所開設的瑞穗溫泉，是全台灣唯一的弱鹼性碳酸泉。

단 어 單 字

1. 어우러지다 : [動詞] 協調、和諧、融洽
2. 래프팅 [rafting] : [名詞] 泛舟
3. 스릴 [thrill] : [名詞] 刺激、驚險
4. 알칼리성 [alkali 性] : [名詞] 鹼性

chapter 1-5

離島

人間天堂・靜謐時光

綠島
澎湖
蘭嶼
金門
馬祖

뤼다오
綠島

Q 뤼다오는 어디에 있을까요 ? 어떤 곳일까요 ?
綠島在哪裡呢？是個怎樣的地方？

뤼다오는 타이동에서 동쪽으로 약 33km 의 태평양상에 위치하며 , 타이완 전체에서 네 번째로 큰 섬이다 . 주요 도로는 섬을 둘러싸고 있는 해안도로로 , 오토바이로 한 시간이면 섬을 한 바퀴 돌아볼 수 있다 .

타이완 사람들은 뤼다오라는 말을 들으면 유명한 감옥을 떠올리는 사람이 많을 것이다 . 뤼다오 교도소는 지리적 요인 때문에 과거에도 중범죄다 및 정치범이 갇혀 있던 곳이어서 '악마의 섬' 이라고 불린다 . 하지만 지금은 교도소는 한 곳만 남아 있고 , 나머지 두 곳은 이미 관광객에게 개방해 관광지가 되었다 .

푸른 산과 푸른 바다 , 새하얀 고운 모래사장 , 아름다운 풍경은 과거에 섬이 사람들에게 준 이미지와 달리 현재는 관광지와 수상 레저를 위한 최적의 장소가 되었다 .

綠島位於台東東方約 33 公里的太平洋上，是全台灣第四大島。主要道路為環繞島嶼的環狀公路，騎機車只要一小時就可以環島一周。

台灣人一聽到綠島，應該很多人會聯想到有名的監獄吧。綠島監獄由於地理上因素，過去也是個關重刑犯及政治犯的地方，因此被稱為「惡魔島」。但是現在只剩一處作為獄所，其他兩處已經開放為以遊客為取向的觀光景點。

翠綠的山巒、湛藍的海水、細白的美麗沙灘，以及美不勝收的風景，顛覆了過去小島給人的印象，是為觀光勝地和水上活動的最佳地點。

단 어 單 字

1. 바퀴 : 依存名詞 (數量單位)圈、周
2. 감옥 [監獄] : 名詞 監獄
3. 떠올리다 : 動詞 想起、聯想
4. 교도소 [矯導所] : 名詞 監獄
5. 갇히다 : 動詞 (被)關、監禁
6. 나머지 : 名詞 剩下的

Q 뤼다오에 어떤 관광 명소가 있을까요?

— 綠島有哪些觀光景點呢?

차오르온천은 해안일주도로의 남동쪽에 있는 곳으로 , 온천이 동쪽을 향하고 있어 일출을 볼 수 있기 때문에 지어진 이름이다 . 이곳의 온천은 바닷물이라서 유황의 강한 냄새가 없고 무색 투명하다 . 또한 원형 노천탕마다 다른 온도를 가지고 있다 . 연인이나 가족 , 친구와 온천에 몸을 담그고 긴장을 풀면서 아름다운 해돋이를 감상하는 것은 얼마나 호화로운 체험인가 !

뤼다오에 와서 절대 놓치면 안 되는 것은 바로 스쿠버다이빙이다 . 뤼다오는 해저 화산이 분출해 만든 화산섬으로 주변 바닷물이 맑아 해안가에서는 수많은 산호초와 다양한 열대어들을 볼 수 있다 .

朝日溫泉位於環島公路的束南方 , 溫泉面東可以觀賞日出 , 故依此命名。這裡的溫泉是海水 , 沒有硫磺的臭味 , 且無色透明。而且每個圓形露天浴池都設有不同溫度。和情人或家人、朋友泡溫泉 , 一邊放鬆的同時 , 一邊觀賞美麗日出 , 是多麼奢華的大白然享受啊。

來綠島最不能錯過的就是潛水。綠島是由海底火山噴發而成的火山島 , 周圍的海水非常清澈 , 在海岸旁可以觀賞為數眾多的珊瑚礁和各式各樣的熱帶魚。

단 어 單 字

1. 향하다 [向 --] : 動詞 朝向、朝著
2. 노천탕 [露天湯] : 名詞 露天溫泉、露天浴池
3. 담그다 : 動詞 浸泡
4. 해돋이 : 名詞 日出
5. 호화롭다 [豪華 --] : 形容詞 豪華
6. 스쿠버다이빙 [scuba diving] : 名詞 潛水

Q 뤼다오에서 다른 볼 만한 것이 더 있을까요?

—————————————— 綠島還有其他值得一看的嗎?

뤼다오 공항을 나와 해안일주도로를 따라 시계 방향으로 쭉 가면 몇몇 명소를 지나가게 된다. 우선 뤼다오 등대가 먼저 보이고, 그 다음은 뤼다오 인권기념공원, 오아시스 산장 그리고 마지막으로 화샤오산에 도착하게 된다. 이 작은 섬은 역사적인 운치와 풍부한 해양 경관으로 가득하다.

뤼다오 등대는 1939 년에 지어졌으며 뤼다오 서북쪽 쫑랴오 마을 안에 있다. 흰색 원통 모양의 등대는 조용히 뤼다오의 안전을 지켜주고, 어선과 비행기에게 방향을 안내함과 동시에, 태평양에서는 역사적 의미가 깊은 등불이다.

뤼다오에는 아시아 최초의 인권 기념비가 있는데, 민주주의, 자유, 인권을 추구하는 과정에서의 타이완의 노력을 상징하며 일명 '눈물을 흘리는 비' 라고도 한다.

從綠島機場出來,沿著環島公路順時針走,可以經過幾個有名的景點,首先會先來到綠島燈塔,接著是綠島人權紀念公園、綠洲山莊,最後來到火燒山,小小一座島嶼蘊含了歷史的韻味,還有豐富的海洋景觀。

綠島燈塔興建於 1939 年,位於綠島西北岬中寮村內。外觀看起來是一個白色直筒狀的建築,安靜地守護著綠島的安全,指引著漁船、飛機的方向,同時也是太平洋上深具歷史意義的一盞明燈。

綠島有一座亞洲第一座人權紀念碑,象徵著台灣在追求民主、自由、人權過程中的努力,又稱為「垂淚碑」。

단 어 單 字											

1. 시계 방향 [時計方向]: 名詞 順時針方向
2. 운치 [韻致]: 名詞 韻味、風韻
3. 등대 [燈臺]: 名詞 燈塔
4. 등불 [燈 -]: 名詞 燈火、燈光
5. 민주주의 [民主主義]: 名詞 民主主義

1. 타이동에서 뤼다오까지 배를 타면 40~50 분 정도 걸려요 . 뱃멀미를 잘 하는 사람은 멀미약을 미리 먹어두는 게 좋아요 .
   從台東到綠島搭船大概要 40 到 50 分鐘。容易暈船的人最好事先服用暈船藥喔。

2. 뤼다오에서의 스노클링은 다양한 물고기를 볼 수 있을 뿐만 아니라 물고기가 사람을 두려워하지 않아 실제로 물고기를 만져볼 수도 있어요 .
   在綠島浮潛，不僅欣賞到的魚種多，魚兒們不怕人，所以可以實際與牠們接觸。

3. 전 세계에서 해수 온천이 있는 곳은 세 곳뿐인데 그 중 하나가 바로 이 자오르 온천입니다 .
   全世界只有三個地方有海水溫泉，其中之一就是這個朝日溫泉。

4. 매화사슴생태단지에서는 매화사슴에게 먹이를 줄 수 있어요 .
   在梅花鹿生態園區可以餵食梅花鹿。

5. 매화사슴은 경계심이 강한 동물이라 낮에 야생 매화사슴을 발견하는 것은 어려워요 .
   梅花鹿是很怕生的動物，在白天發現野生梅花鹿是很困難的。

단 어 單 字

1. 뱃멀미 : 名詞 暈船
2. 멀미약 [-- 藥] : 名詞 暈船藥
3. 스노클링 [snorkeling] : 名詞 浮潛
4. 먹이 : 名詞 糧食、飼料

평후
澎湖

Q 펑후는 어디에 있을까요 ? 어떤 곳일까요 ?

—————————— 澎湖在哪裡呢 ? 是個怎樣的地方 ?

　　타이완 본토에서 서쪽으로 약 50km 떨어진 곳에 펑후 섬이 있다 . 약 90 여 개의 섬으로 이루어진 펑후군도는 맑고 푸른 바다와 끝없이 넓은 푸른 하늘로 둘러싸인 조용한 곳이다 . 방문했던 사람들은 이곳의 건축물과 풍경이 '오키나와' 와 비슷하다고 말하기도 한다 . 하와이와 같은 위도에 있어 '타이완의 하와이' 라고도 불린다 .

　　섬 안에서는 신선한 해물 요리를 많이 먹을 수 있다 . 또한 곳곳에서 역사의 유적지를 만날 수 있고 , 온몸으로 펑후가 걸어온 역사와 변치 않는 대자연의 아름다움도 만끽할 수 있다 .

　　從台灣本島往西約 50 公里處為澎湖群島。由約 90 多個島組成的澎湖群島，被清澈湛藍的海與無限寬闊的藍天包圍，是個寧靜之地。造訪過的人中，似乎也有人覺得房屋與風景和「沖繩」相似。而且，其處在的緯度與夏威夷島幾乎相同，所以也被稱作「台灣夏威夷」。

　　島內可吃到大量使用新鮮海產的海鮮料理。同時，島上各處有許多讓人感受到歷史的古蹟，能用盡全身去領會澎湖至今走過的歷史，與不變的大自然之美。

단 어 單 字																	

1. 끝없이 : 副詞　無窮無盡地、一望無際地　　3. 위도 [緯度] : 名詞　緯度
2. 푸르다 : 形容詞　蔚藍、碧綠　　　　　　4. 신선하다 [新鮮 --] : 形容詞　新鮮

평후에 어떤 관광 명소가 있을까요 ?

澎湖有哪些觀光景點呢 ?

평후의 전통 산업은 수산업이다 . 이곳의 독특한 물고기 잡는 방식을 석호포어라고 한다 . 석재와 산호로 쌓아서 만든 돌담 구조 (석호) 로 썰물 때 석호 한에 남아 있는 물고기를 잡는 방식이다 . 석호 하나를 완성하는 데는 약 10 년 이상이 걸린다고 한다 . 석호에는 여러 가지 모양이 있는데 , 마치 한 폭의 매끈한 선이 그려져 있는 것처럼 푸른 바다 위에 비쳐 매우 아름답다 . 지금은 거의 석호로 고기를 잡지 않지만 여전히 눈부신 명소다 .

평후 섬에서 근처 다른 섬까지는 대부분 보트로 이동한다 . 섬에 도착하면 아름다운 경치를 즐기면서 스노클링이나 다른 해상 스포츠를 즐길 수 있다 . 해변에서 하루 종일 놀다 보면 하늘과 해안선이 점점 오렌지빛으로 물들어간다 . 해가 지면 , 평후 하늘의 수많은 별들을 보면서 가족 , 친구들과 편안한 시간을 보낼 수 있다 .

澎湖的傳統產業為漁業。其捕魚方式獨特，稱為石滬捕魚。這是一種補魚方式，將採集出的石材和珊瑚堆砌製成石牆的結構（石滬），退潮時捕捉留在石滬內的魚。據說完成一個石滬，有的須花約 10 年以上的時間。石滬有各式各樣的形狀，猶如一筆繪成的平滑線條，映照在蔚藍的海面上，相當漂亮。雖然現在幾乎不用石滬來捕魚，但仍是個賞心悅目的景點。

從澎湖本島到附近離島大多以快艇移動。抵達小島就能一邊欣賞美景，一邊盡情享受浮潛或其他海上運動。在海邊玩一整天，天空與海岸線便漸漸染成一片橘色。太陽落下後，便能看著澎湖的滿天星斗，一邊和家人朋友度過悠閒的時光。

단 어	單 字				

1. 수산업 [水產業] : 名詞 漁業
2. 산호 [珊瑚] : 名詞 珊瑚
3. 썰 물 : 名詞 (海水)退潮
4. 매끈하다 : 形容詞 光滑 · 平滑
5. 눈부시다 : 形容詞 耀眼 · 令人矚目的
6. 물들다 : 動詞 染色

평후에서 다른 볼 만한 것이 더 있을까요 ?

—— 澎湖還有其他值得一看的嗎 ？

　평후 불꽃축제는 평후현의 대표적인 대형 관광행사다 . 2002 년 평후에서 항공 사고가 발생한 이후 관광산업은 불황에 빠졌다 . 평후현 정부는 관광산업을 활성화하기 위해 음력 칠석 발렌타인데이에 '평후국제해상불꽃놀이축제' 라는 행사를 열었다 . 하늘 높이 쏘아올린 불꽃은 평후의 밤하늘을 밝혀주었다 . 그리고 이 불꽃축제는 평후의 매년 여름마다 중요한 활동이 되었다 .

　평후 불꽃놀이는 사방이 바다로 둘러싸인 확 트인 관음정 단지에서 펼쳐진다 . 게다가 밤하늘에 수놓는 아름다운 불꽃놀이를 서영무지개다리에서도 감상할 수 있어 로맨틱하다 . 이 밖에도 불꽃놀이 축제에는 공연그룹을 초청하여 , 불꽃놀이 , 음악 , 아름다운 풍경 세 가지가 어우러진 멋진 조화 속에 여름밤 낭만적인 록 음악을 선사한다 .

　澎湖海上花火節，是澎湖縣最具代表性的大型觀光活動，緣起於 2002 年發生澎湖空難，造成澎湖觀光業蕭條。澎湖縣政府為了提振觀光，在農曆七夕情人節舉辦「千萬風情在菊島」活動，施放高空煙火秀，煙火點亮了澎湖的夜空，也讓花火節成了澎湖海灣每年夏天的重頭戲。

　澎湖海上花火節在觀音亭園區施放煙火，因位置四周環海，視野遼闊，加上有浪漫的西瀛虹橋相襯，可以近距離的觀賞煙火，體會煙火劃過夜空的美。此外，花火節也會邀請表演團體到場演出，煙火、音樂、美景三者美妙的結合，讓遊客們在夏夜裡享受著搖滾浪漫體會。

단 어 單 字

1. 불황 [不況]： [名詞] 不景氣、蕭條
2. 활성화하다 [活性化 --]： [動詞] 促進、活化
3. 불꽃놀이： [名詞] 煙火秀

1. 치메이다오에는 이름이 쌍심석호라는 두 개의 마음이 이어져서 유명한 석호 (石滬) 가 되었어요 .

   七美島上，有宛如兩顆心相接而聞名的石滬，名為雙心石滬。

2. 펑후 고택의 벽이나 담장은 산호로 쌓은 돌담이에요 .

   澎湖古宅的牆壁或圍牆，是珊瑚堆砌而成的咾咕石牆。

3. 근처의 곳곳에 핀 노란 꽃은 선인장 꽃으로 일년 내내 피고 있어요 .

   附近遍地盛開的黃花是仙人掌的花，一整年都開著。

4. 해안에는 햇빛이 너무 강해서 피부가 타기 쉬워요 . 그래서 선크림은 필수품 이에요 .

   海岸日照強烈，皮膚容易曬傷，所以防曬乳不可或缺。

5. 섬의 주요 교통은 오토바이지만 , 환경을 보호하기 위해 전기 오토바이도 많 이 준비했어요 .

   島上主要的交通方式為摩托車。為了保護環境，備有許多的電動摩托車。

단 어 單 字

1. 담장 [- 牆] : **名詞** 牆壁、圍牆
2. 피다 : **動詞** 開(花)、綻放
3. 선인장 [仙人掌] : **名詞** 仙人掌
4. 타다 : **動詞** 曬黑、燒焦
5. 선크림 [sun cream] : **名詞** 防曬乳
6. 오토바이 [auto bicycle] : **名詞** 摩托車、機車

란 위 섬
蘭嶼

Q 란위 섬은 어디에 있을까요 ? 어떤 곳일까요 ?

———————————— 蘭嶼在哪裡呢 ? 是個怎樣的地方 ?

사방이 산호초로 둘러싸인 란위는 태평양에 남아 있는 보물섬 같다 . 란위는 '날치의 고향' 으로 불리며 주민들이 봄여름에 바다에 나가 날치 잡이를 하는 전통적인 생활방식과 의식으로 날치 문화를 지속적으로 지켜왔다 . 섬에는 여섯 개의 부족이 있는데, 그중 '다우족(達悟族)' 은 대만 원주민 중 유일한 해양 민족으로 유명하다 . 날치 철을 맞이하여 길가를 따라 날치를 말리거나 산양이 암초 절벽 위를 걷는 기이한 광경을 볼 수 있다 . 그리고 망망대해를 바라보는 아름다움도 빼놓을 수 없다 .

四周被珊瑚礁包圍的蘭嶼島，宛如一座遺留在太平洋上的寶島。蘭嶼素有「飛魚的故鄉」之稱，居民在春夏季節出海捕飛魚，其傳統生活方式與儀式持續守護著飛魚文化。島上有六個部落，其中的「達悟族」以台灣原住民中唯一的海洋民族而聞名。若正逢飛魚季，可沿途欣賞當地居民曝曬飛魚乾，或是山羊走在礁岩絕壁上的奇景，以及遠眺汪洋大海的美景。

단 어	單 字		
1. 보물섬 : [名詞] 寶島		4. 말리다 : [動詞] 曬乾	
2. 날치 : [名詞] 飛魚		5. 산양 [山羊] : [名詞] 山羊	
3. 철 : [名詞] 季節 · 時節		6. 암초 [暗礁] : [名詞] 礁岩 · 礁石	

Q 란위 섬에는 어떤 관광 명소가 있을까요？

―― 蘭嶼有哪些觀光景點？

란위는 지형이 특이하기 때문에 자전거나 오토바이를 빌려서 섬 한 바퀴를 둘러 보면 좋을 것이다. 섬을 둘러싼 경치와 사방에 우뚝 솟아 있는 각종 기암괴석을 감상할 수 있다. 또 방파제에서 바다로 뛰어들면 맑은 바닷물에서 산호초와 열대어를 볼 수 있으니, 결코 란위를 잊지 못할 것이다! 또한 란위의 전통 가옥은 매우 특별한 방식으로 지어졌는데 섬 안내원과 함께 구경할 수 있다. 다우족은 아직도 전통적인 신앙과 생활방식을 유지하고 있으며 섬의 사람들은 매우 친절하다. 하지만 그곳에 가게 되면 현지 풍속과 습관에 순응해야 한다. 현지 생활을 존중하고 자연을 소중히 여긴다면 반드시 최고의 문화체험을 즐길 수 있을 것이다!

　　蘭嶼因地形特殊，請一定要租借腳踏車或機車環島一圈看看，可以欣賞宛如包圍著島嶼、佇立在四周的各種奇形怪岩。還有，從防波堤跳入海水（跳港活動）後，可以在清澈的海水中觀賞珊瑚礁以及熱帶魚，一定會令人忘不了蘭嶼吧！

　　此外，蘭嶼的傳統家屋採用相當特別的建造方式，可以跟著島上的導覽人員一同巡禮一番。達悟族至今仍維持著傳統信仰和生活方式，島上的人們都非常友善，但請記得入境隨俗，只要尊重當地生活、珍惜大自然，就能享受最棒的文化體驗！

단어 單字

1. 둘러보다：[動詞] 環視、環顧、巡視
2. 방파제 [防波堤]：[名詞] 防波堤
3. 열대어 [熱帶魚]：[名詞] 熱帶魚
4. 가옥 [家屋]：[名詞] 房屋、住房
5. 여기다：[動詞] 認為

란위에는 다른 볼 만한 것이 더 있을까요？

蘭嶼還有其他值得一看的嗎？

　　란위에 사는 다우족의 환경은 사면이 바다로 둘러싸여 있어 일상생활이 배와 날치와 뗄 수 없는 관계다 . 배는 다우족의 중요한 생활 도구이기 때문에 새 배가 바다에 진수하기 전에 부족 사람들의 안전을 기원하고 풍어를 기원하는 ‘선제 (船祭)’ 의식을 거행한다 . 선물에 쓸 토란 밭을 일구고 , 돼지를 키우고 , 하객들을 초청하여 대접하고 , 제사에 쓸 고기를 준비하여 , 다 같이 고기와 선물들을 나누어 먹는다 . 마지막에 거행되는 진수식은 행사의 하이라이트로서 선장이 퇴마의식을 이끈다 . 부족 사람들은 미래의 평안과 풍어를 기원하면 배를 들고 바다로 옮긴다 .

　　현지인들은 날치가 하늘의 선물이라고 생각하기 때문에 날치잡이나 요리까지에도 정해진 의식이 있다 . 매년 2 월에는 다우족이 날치 축제를 열고 6~7 월에는 날치의 수가 점점 줄어들며 , 고기잡이가 중단되는 날에 올해 잡은 대어의 꼬리를 꿰어 걸어둔다 . 날치철이 이미 지나갔다는 것을 상징하며 , 겨울 식량을 준비하려고 날치를 말린다 .

　　居住在蘭嶼的達悟族人，因所處環境四面環海，日常生活與船、飛魚密不可分。船是達悟族人重要的生活工具，因此在新船下水之前，族人為了祈求出海平安，漁獲豐收，會舉辦「船祭」。籌辦禮芋、圈檻養豬、邀請賓客、賓客道賀、殺牲除毛、分贈禮肉，最後的下水儀式是活動的最高潮，由船長帶領趨靈儀式，族人們簇擁著船，將船抬向大海，祈求未來平安與豐收。

　　當地人認為飛魚是上天的恩賜，飛魚捕撈、料理都有規定的儀。每年的 2 月，達悟族人會舉辦飛魚祭，6 到 7 月飛魚數量逐漸減少，達悟族人會在停止捕魚的當天，將今年捕獲的大魚尾巴穿串掛著，象徵飛魚季節已經過去，並將飛魚曬乾以備冬糧。

단 어 單 字			
1. 떼다 : 動詞 摘下、取下、分開		3. 줄어 들다 : 動詞 變少、縮小	
2. 옮기다 : 動詞 挪動、搬運、轉移		4. 꿰다 : 動詞 穿(線)、串(珠)	

1. 예인냉천의 경치는 많은 사람의 마음을 사로잡아요 . 이곳에서는 냉천에 몸을 담그면서 수면에 비친 푸른 하늘의 흰구름을 감상할 수 있어요 .

   野銀冷泉的景色擄獲許多人的心，在這裡可以一邊泡冷泉，一邊欣賞映在水面上的藍天白雲。

2. 길에서 란위 돼지와 염소를 만나면 길을 양보해 주세요 . 이 것은 상당히 드문 광경이라 카메라로 그들의 귀여운 모습을 찍어도 좋아요 .

   在路上遇到蘭嶼豬跟山羊的話，請讓路給牠們。這個情景相當難得，不妨拿起相機拍下牠們可愛的身影。

3. 섬에서 가장 유명한 '군함암' (軍艦岩) 은 외형이 군함 두 척을 똑 닮았는데 제 2 차 세계대전 당시 미공군이 일본 함정으로 오인해 폭격을 한 적도 있어요 .

   島上最著名的「軍艦岩」因為外型酷似兩艘軍艦，據說在第二次世界大戰時，曾被美國空軍誤認為日本艦艇而遭到轟炸。

單 어 單 字

1. 사로잡다 : [動詞] 迷住、勾住、吸引住
2. 상당히 [相當 -] : [副詞] 相當地(高、多)
3. 함정 [艦艇] : [名詞] 艦艇、航艦
4. 폭격 [爆擊] : [名詞] 轟炸

진먼 金門

Q 진먼은 어디에 있을까요 ? 어떤 관광 명소가 있을 까요 ?

———————— 金門在哪裡呢 ? 有哪些觀光景點呢 ?

타이완 본섬에서 서쪽으로 약 270km 떨어진 섬 , 바로 진먼이다 . 격전지로 유명했던 진먼은 지금도 과거에 사용했던 갱도 , 토치카 등 군사장비를 관광자원으로 활용하고 있어 과거 전쟁의 흔적을 가까이서 볼 수 있다 . 그중 가장 특별한 것으로 구닝터우 (古寧頭) 전사관이 있는데 , 진짜 고성과 같은 모양을 하고 있으며 , 문 앞에는 용사의 초상과 함께 사용했던 전차가 배치돼 있어 당시의 전쟁 상황을 알 수 있다 .

진먼의 수호신으로 불리는 돌사자상 '펑스예' 가 여러 마을에 흩어져 있다 . 입을 벌리고 웃고 있는 것 , 얼굴에 보조개가 있는 것 등 저마다 다양한 표정을 짓고 있다 . 섬 전체의 지도를 가지고 다니면서 펑스예를 발견한 곳에 표시를 해 두자 !

一座位在台灣本島西邊約 270 公里遠的島嶼，那就是金門。曾以激烈戰地聞名的金門，現今已將昔日使用的坑道、碉堡等軍事設備作為觀光資源利用，造訪的人可近距離一窺過去戰爭時的痕跡。其中特別的是，古寧頭戰史館的外觀有如一座真正的古城，門前配置了勇士的塑像以及曾經使用過的戰車，可以了解當時戰爭的狀況。

另外，有金門守護神之稱的石獅像「風獅爺」分布在各個聚落，有的開口笑，有的面帶酒窩，露出各式各樣的表情。別忘了帶著全島地圖，在發現風獅爺的地方做個記號吧！

단 어	單 字															

1. 활용하다 [活用 --] : [動詞] 充分利用、運用、應用
2. 보조개 : [名詞] 酒窩、笑窩

전먼은 어떤 곳일까요?

金門是個怎樣的地方?

　　과거에 진먼은 생활이 많이 어려워서 많은 젊은이들이 일을 찾아 하나둘씩 고향을 떠나 동남아나 일본으로 가는 이민붐을 세 차례나 겪었다. 그러다가 외국에서 성공한 화교들이 고향을 그리워하여 진먼으로 돌아와 동남아 문화와 민남문화(푸젠문화)를 융합한 서양식 건물을 지었다. 예를 들면, 집을 지을 때 중국 문화에서 '행복'을 의미하는 박쥐, 동남아 코끼리, 서양의 천사, 영어 속담 등으로 장식했다. 그리고 더 흥미로운 것은 장식에서 종종 지붕을 받치고 있는 인도 노동자를 발견할 수 있다는 것이다. 당시 동남아로 일하러 갔던 중국인이 인도 노동자들에게 괴롭힘을 당해서 이런 작품으로 화풀이를 한 것이다.

　　以前在金門的生活相當个容易，所以當時許多年輕人紛紛離開家鄉，去東南亞或日本打拚，發生了多達三次的移民潮。後來，在國外有所成就的華僑思念故鄉而回到金門，建造了融合東南亞文化（福建文化）的洋式建築。比如建築上布置著中國文化中代表「幸福」之意的蝙蝠，還用了東南亞的大象、西洋的天使或英文諺語等裝飾。此外，特別有趣的是，在裝飾中常常可見撐著屋頂的印度苦力作品。這據説是當時去東南亞工作的華人常被印度勞工欺負，而為此出一口氣吧。

단	어	單	字									

1. 그리워하다：[動詞] 思念、想念(以第三人稱為主詞時使用)
2. 박쥐：[名詞] 蝙蝠
4. 받치다：[動詞] 支撐、頂著
5. 화풀이 [火 -]：[名詞] 出氣、洩憤

진먼에는 재미있는 게 뭐가 있을까요?

金門有哪些好玩的?

진먼에는 '공탕, 식칼, 고량주'라는 세 가지 보물이 있는데, 그중에서도 진먼고량주는 향이 깊어 '술 중의 술'이라는 명성을 갖고 있다. 또한 진먼에서 많이 생산되는 땅콩에 엿을 섞어 만든 공탕은 맛이 섬세하고 고소하여 가장 인기 있는 기념품 중 하나이다. 또 다른 특산품인 진먼 식칼은 포탄이나 유탄을 재료로 했다고 전해지며 견고하고 내구성이 있어 관광객들에게 인기가 높다.

타이완 사람들은 음력 7월에 '푸두(普渡)'를 지내는 풍습이 있는데 진먼 지역의 푸두 의식은 더욱 성대하다. 진먼의 관습은 매년 음력 7월부터 집집마다 '푸두등(普渡燈)'을 켜고 푸두 의식을 행한다. 푸두등은 어두운 밤에 등불을 켜 인간 세상을 떠도는 귀신들의 길을 안내한다는 뜻을 가진 자비로운 등불이다. 또 이 등불은 음력 7월에 진먼에서만 볼 수 있는 독특한 문화이다.

金門有三寶:「貢糖、菜刀、高粱酒」,其中金門高粱酒香醇濃郁,有「酒國之王」的美譽。另外,金門在地盛產的花生,摻合麥芽糖所製而成的貢糖,口感細緻綿密,香酥可口,是最有人氣的伴手禮之一。另一項特產金門菜刀,相傳原料來自砲彈或榴彈,堅固又耐用,深受觀光客喜愛。

台灣人在農曆 7 月有普渡的習俗,金門地區也有,且儀式更為隆重。在金門的習俗,每年農曆 7 月家家戶戶會點「普渡燈」,並舉行普渡儀式。「普渡燈」的意思是在黑夜裡,點盞燈為流連世間的好兄弟引路,是最慈悲的燈。而燈景也為農曆 7 月的金門帶來特殊的景觀。

단 어　單 字

1. 땅콩 : 名詞 花生
2. 엿 : 名詞 麥芽糖
3. 섞다 : 動詞 混合
4. 섬세하다 [纖細--] : 形容詞 精巧、細緻
5. 고소하다 形容詞 香氣十足的
6. 내구성 [耐久性] : 名詞 耐用性
7. 관습 [慣習] : 名詞 習俗、習慣、風俗、傳統
8. 떠돌다 : 動詞 漂泊、流浪
9. 안내하다 [案內--] : 動詞 介紹、指引、帶路

1. 거광루는 옛날의 전쟁터로 진먼의 정신적 상징이에요 . 밤에는 건물들이 조명을 받아서 낮의 딱딱한 이미지와 달리 부드러운 인상을 줘요 .

   莒光樓為昔日戰地金門的精神象徵。晚上建築物被打上燈光，白天給人的剛硬印象也看起來變得柔和了。

2. 진먼의 수산시험소에는 살아 있는 화석으로 유명한 후어라는 희귀어를 사육합니다 . '부부 물고기'라고도 불리는 후어는 한 쌍이 되면 영원히 상대방을 떠나지 않는다고 해요 .

   金門的水產試驗所中飼養著以活化石聞名的稀有鱟魚，又稱為「夫妻魚」，據說只要成為一對就永不離開對方。

3. 진먼에서 가장 유명한 기념품은 고량주와 공탕이에요 . 그중에서 모양이 족발처럼 생긴 족발공탕은 오늘날까지 인기를 끌고 있어요 .

   金門最有名的伴手禮為高粱酒和貢糖。其中特別是外形與豬腳相似的豬腳貢糖，至今仍受歡迎。

단 어 單 字

　1. 전쟁터 [戰爭 -]：名詞　戰場、戰地
　2. 딱딱하다：形容詞　生硬的、僵硬的、呆板的

마쭈
馬祖

Q 마쭈는 어디에 있을까요 ? 어떤 곳일까요 ?

──────── 馬祖在哪裡呢 ? 是個怎樣的地方 ?

타이완해협 서북부에 위치한 마쭈열도는 크고 작은 다양한 섬들로 이루어져 있다 .

사람들은 그중에 동인 (東引), 베이깐 (北竿), 난깐 (南竿), 동쥐 (東莒), 시쥐 (西莒) 라는 다섯 개의 섬에서 산다 . 예전부터 대만의 군사 요지여서 지금도 여전히 군사 시설이나 군인들을 많이 볼 수 있다 . 섬 곳곳에 있는 크고 작은 돌에 새겨진 표어는 전장의 분위기를 느끼게 한다 .

또 예전에 군용선을 숨기기 위해 파놓은 갱도도 현재는 관광용으로 개방돼 있어 관람할 수 있다 . 난깐 , 베이깐 및 동쥐가 함께 파서 만든 이 갱도들을 '북해 갱도' 라고 인력으로 화강암을 뚫느라 많은 인원과 많은 노동력이 필요했다고 한다 .

位於台灣海峽西北方的馬祖列島，包含了各式大小的島嶼，人們在其中的東引、北竿、南竿、東莒、西莒這五個島嶼生活。以前是台灣的軍事要地，現在仍然可看到許多軍事設施或軍人。大小、內容多樣的石刻標語位在島嶼各處，應該可以了解各種戰地情懷。

另外，以前為了隱藏軍用船而挖掘的坑道，現在也因觀光而開放，可入內參觀。在南竿、北竿及東引鑿建而成的這些坑道，被命名為「北海坑道」，據說必須以人力開鑿花崗岩，所以需要許多人員和大量的勞力。

단 어 單 字													

1. 숨기다 : 動詞 隱藏　　　3. 뚫다 : 動詞 穿破、鑿通
2. 갱도 [坑道]: 名詞 坑道

▲ 圖為馬祖北竿

▲ 圖為北海坑道

Q 마쭈에는 어떤 관광 명소가 있을까요?

—— 馬祖有哪些觀光景點呢?

마쭈의 돌 촌락은 이곳의 특수 경관으로, 마쭈 열도의 지형의 영향을 받아 전통 가옥들이 대부분 산을 따라 지어졌으며, 옛날 사람들은 현지에서 쉽게 구할 수 있는 재료인 화강암으로 돌집을 만들었다. 산비탈에 가지런히 배열되어 있는 화강암 돌집들은 도특한 촌락의 풍모를 지니고 있다.

마쭈 전통 민가 촌락은 친삐촌의 '해적집'이 대표적이다. 해적집은 친삐촌 부락에서 비교적 높은 지형에 자리 잡고 있으며, 앞벽은 청백석으로 쌓고, 옆벽은 화강암으로 지었다. 솜씨가 정교하고 지붕 위는 다채로운 돌조각들과 돌사자상이 어우러져 있어 현지의 특색을 살린 새로운 관광 명소가 되었다.

동쥐 등대는 마쭈의 동쥐섬에 위치한 2급 유적지 등대로 동쥐섬의 랜드마크이다. 지금은 항구로 안내하는 임무를 맡고 있지 않지만, 여전히 매일 한 번은 길고 두 번은 짧은 등대 신호를 번쩍거리며 동쥐섬을 지키고 있다.

馬祖的石頭聚落是當地的特殊景觀,受到馬祖列島地形影響,傳統房屋大多依山而建,昔日民眾就地取材,以花崗岩砌成石厝,在山坡起落有致的排列著,形成特殊的村落風貌。

馬祖傳統民居聚落中以芹壁村的「海盜屋」最具代表性。海盜屋地處芹壁聚落較高處,它的正牆以青白石砌造,側牆則以花崗石完成,做工精細,搭配屋簷上的彩繪石雕和屋頂上的石獅,以富有當地特色成了當地旅遊的新景點。

東莒燈塔位在馬祖的東莒島,是一座二級古蹟燈塔,是東莒島的地標。現今雖已不在擔任引航的任務,但仍舊每天閃耀著一長兩短的燈號,守護著東莒島。

단어 單字

1. 돌집 [名詞] 石屋	3. 랜드마크 [land mark] [名詞] 地標
2. 산비탈 [山 --] [名詞] 山坡	4. 번쩍거리다 [動詞] 閃閃發光、閃耀、閃爍

1. 마쭈공항 및 군사시설 그리고 군인에 대한 사진촬영이 금지되어 있어요 .
   馬祖機場、軍事設施以及軍人禁止拍照。

2. 과거 군사용이었던 '팔팔갱도'는 지금은 고량주를 숙성시키는 창고로 사용
   하고 있어요 .
   過去曾為軍用的「八八坑道」，現在也被用於高粱酒熟成的儲藏庫。

3. 섬과 섬 사이는 배로 이동할 수 있지만 날씨 상황 때문에 배가 끊길 수 있어
   요 .
   每個島都能搭船往返，但請注意會因天氣狀況停班。

4. 오토바이 렌탈은 섬을 구경하는 최고의 교통 방식이에요 .
   租機車是遊覽島嶼最棒的交通方式。

5. 난깐의 '북해갱도'에서 카누를 탈 수 있어요 !
   在南竿的「北海坑道」可以搭獨木舟喔！

단 어 單 字

1. 금지되다 [禁止 --] : 動詞 被禁止、遭禁
2. 숙성 : 名詞 熟成、熟化
3. 끊기다 : 動詞 被切斷、被停止
4. 카누 [canoe] : 名詞 獨木舟

chapter 2-1

經典美食

煎・炸

취
두
부
—
臭
豆
腐

　　취두부는 코를 찌르는 악취 때문에 많은 외국 관광객들을 혼비백산하게 만든다. 흔히 볼 수 있는 튀김 취두부는 식감이 겉은 바삭하고 속은 부드럽다. 요리법은 발효된 두부를 냄비에 넣어 튀겨서 덩어리째 썰고, 먹을 때 아삭아삭한 식감이 나는 타이완식 김치를 곁들인다. 또 취두부도 재료로 자주 사용된다. 예를 들면 곱창 전골에서 취두부는 빼놓을 수 없는 존재다. 취두부를 즐겨 먹는 타이완 사람들에게 취두부의 역겨운 냄새는 아주 고전적인 진미이다.

　　臭豆腐因刺鼻臭味令許多外國觀光客懼怕。常見的炸臭豆腐口感外酥內嫩，做法是將豆腐發酵後入鍋油炸並切塊，食用時經常搭配口感爽脆的台式泡菜。而臭豆腐也經常被當作配料，像是大腸臭臭鍋，臭豆腐是不可或缺的存在。對吃慣臭豆腐的台灣人來説，臭豆腐的臭是相當經典的好滋味。

관
차
이
반
—
棺
材
板

관차이반은 타이난 츠칸러우 인근의 시장에서 시작되었다 . 두껍게 튀겨낸 누르스름한 토스트 안을 파내서 거기에 치킨이나 해산물 크림 스튜를 넣는다 . 처음에는 안에 닭의 간을 넣었기 때문에 '지깐반 '(鷄肝板) 이라고 불렀다 . 그 후 건강에 대한 관심이 높아지면서 닭이나 해산물을 사용하여 지금과 같은 재료의 스튜가 된 것이다 .

관차이빈 ' 이라고 불리게 된 이유가 재미있다 . 옛날에 성대부속공업학교 선생님이 이 음식을 먹으면서 그 모습이 관하고 아주 닮았다고 생각했다고 한다 . 그 가게의 주인도 관차이반이라는 이름으로 바꾸면 재미있을 것 같아서 관차이반의 '材 (차이) '와 같은 발음의 '財 (차이)' 로 바꿨다 . 이 음식에는 먹으면 출세하거나 부자가 된다는 의미가 있다 .

棺材板發源於台南赤崁樓附近的市場。將油炸至金黃色的厚片吐司中間挖空後，放入雞肉或海鮮濃湯。一開始以雞肝為餡料，而命名雞肝板。後來由於健康意識抬頭，而改用雞肉或海鮮，演變成現在的濃湯餡料。

棺材板的命名淵源相當有趣，據說早期成大附屬工業學校的老師在品嚐時發現其外型酷似棺材，店家覺得有趣就把名字改成了棺材板。而棺材的「材」字諧音「財」，意味吃了能升「官」又發「財」。

으아젠
— 蚵仔煎

　　으아젠은 유명한 타이완 현지 음식으로 '으아'는 타이완어로 바로 굴이라는 뜻이다. 주로 녹말가루를 걸쭉하게 만들어 프라이팬에 붓고 거기에 생굴과 쑥갓, 달걀을 함께 넣어 부친 뒤 상에 올리는 음식이다. 으아젠은 먹을 때 주로 식당에서 간장, 케첩 등을 배합하여 자체 제작한 짭짤한 소스를 쓴다. 타이완에서 으아젠은 야시장에서 흔히 볼 수 있는 음식으로, 생굴 위주의 으아젠 외에도 오징어나 새우를 재료로 한 듯한 오징어전이나 새우전도 모두 으아젠 요리법에 속하는 요리이다.

　　蚵仔煎是著名的台灣在地小吃，「蚵仔」即為中文的生蠔。其作法主要是將太白粉做成芡水後淋在平底鍋，接著放上生蠔、茼蒿及雞蛋一同煎熟後即可盛盤上桌。蚵仔煎在食用時經常會搭配店家特製的甜鹹醬汁，其主要是以醬油膏、番茄醬等醬料調製而成，各店家有其獨門的調配配方。在台灣，蚵仔煎是夜市常見的美食，除了以生蠔為主的蚵仔煎外，亦有像是以花枝或蝦仁為配料的花枝煎或蝦仁煎，皆屬於蚵仔煎作法所衍生出來的系列美食。

지
파
이
─
雞
排

지파이는 '향지파이' 라고도 부르는데 , 타이완에서 흔히 볼 수 있는 먹거리다 . 지파이는 치킨의 일종으로 닭 가슴살 부위를 이용하여 만드는 경우가 많다 . 닭고기를 향료로 절인 후 감자가루나 빵가루를 묻혀 튀기면 완성되며 , 대개 튀겨낸 후에 꺼내서 후추소금을 뿌려 간을 한다 . 타이완 먹거리 시장에서 지피이의 경쟁은 매우 치열하여 점포마다 끊임없이 새로운 맛을 개발해 출시하기 때문에 종류가 아주 많다 . 흔히 볼 수 있고 특색 있는 지파이에는 숯불구이 지파이 (먼저 튀긴 후 숯불로 구운 지파이), 꿀즙 지파이 (꿀즙에 절인 후 튀긴 지파이), 치즈 지파이 (지파이 안에 치즈가 있음) 가 있다 .

雞排又稱「香雞排」，是台灣常見的小吃。雞排屬於炸雞的一種，大多取雞胸肉的部位製作。將雞肉以香料醃漬入味後，沾上番薯粉或麵包粉下鍋油炸即可完成，起鍋後經常會撒上胡椒鹽調味。雞排在台灣小吃市場的競爭相當激烈，各店家不斷地研發並推出新口味，種類五花八門。常見的特色雞排有炭烤雞排（先油炸後再以炭火烘烤的雞排）、蜜汁雞排（以蜜汁醃漬後再油炸的雞排）、起司雞排（內裡包起司的雞排）以及超大雞排等。

딴삥
—
蛋
餅

　　타이완에서 딴삥은 아침 식사로 먹는 것 말고도 흔히 볼 수 있는 길거리 음식이다. 주로 밀가루와 소금으로 반죽한 뒤 구워서 옆에 놓고 준비한다. 팬 위에 달걀을 터뜨려 80 퍼센트 정도 익을 때까지 익힌 후, 전병 안에 넣는다. 그리고 베이컨이나햄, 옥수수 등을 살짝 데워서 넣은 후 돌돌 말아 팬에서 꺼낸다. 주로 간장 소스나케첩을 찍어서 먹는다. 딴삥은 타이완에서 역사가 오래되어 앞에서 언급한 흔히 볼수 있는 식재료 외에 최근 몇 년 사이에 또 참치나 고기 등을 넣어 갈수록 종류가 다양해지고 있다. 또 타이완에서도 큰 왕딴핑 전문점이 있는데 간편한 영양식을 표방하는 특색 때문에 많은 학생들을 끌어들이고 있다.

　　在台灣，蛋餅除了當早餐，也是常見的街頭小吃。作法主要是將麵粉與鹽打成麵糊後，煎成餅狀備用。接著將打散的蛋煎至八分熟，放入煎好的餅皮。稍微加熱並放入培根、火腿或玉米粒等配料後捲成長條起鍋，食用時經常搭配醬油膏或番茄醬。蛋餅在台灣歷史悠久，常見的配料除上述外，近年來又有像是鮪魚、肉排等，種類愈來愈豐富。另外，台灣也有商家專門販賣尺寸特大的蛋餅，標榜簡單營養的特色吸引了眾多的學生族群。

잉양싼밍즈 — 營養三明治

잉양싼밍쯔는 지룽먀오커우 (基隆廟口) 야시장에서 시작된 이색적인 먹거리다 . 잉양싼밍쯔는 주로 빵을 노릇하게 튀겨 솥에서 꺼낸 후 햄 , 달걀 프라이 , 토마토 , 오이 및 샐러드 소스를 뿌려 만든다 . 바삭바삭하고 부드러운 빵과 상큼한 배합으로 동서양의 음식 특색은 물론 영양까지 들어가 있다 . 특히 흔히 볼 수 있는 샌드위치는 네모난 흰 토스트로 만드는 반면 잉양싼밍쯔는 튀겨낸 긴 타원형의 빵이라서 식감이 한층 뛰어나다 . 잉양싼밍쯔의 긴 타원 외형이 잠수함과 비슷해서 샐러드 보드라고 부르는 곳도 있다 .

營養三明治是源自於基隆廟口夜市的特色小吃。營養三明治的做法主要是將麵包炸成金黃色後起鍋，並夾入火腿、滷蛋、番茄、小黃瓜以及沙拉醬。酥脆柔軟的麵包與爽口的配料搭配得宜，不僅融合了東西方的飲食特色，也兼顧了營養。特別的是，一般常見的三明治通常是以方形的白吐司製作，而營養三明治則採用以油炸後的長橢圓形麵包，口感上更勝一層。由於營養三明治的長橢圓外型與潛水艇相似，有些地方也稱之為「沙拉船」。

옌수지

── 鹽酥雞

　옌수지는 주로 닭고기를 작은 덩어리로 썰어 향료에 절인 후 가루를 입혀 튀긴 요리다 . 타이완의 옌수지 가게에서는 닭고기 외에 다른 식재료도 함께 판매하는데 , 흔히 볼 수 있는 것은 닭 껍질 , 티엔부라 (甜不辣), 새송이버섯 , 감자튀김 , 인쓰쥐엔 (銀絲卷), 강낭콩 , 언두부 등 종류가 다양하다 . 소비자는 자신이 좋아하는 재료를 선택하여 가게에 맡겨 튀길 수 있다 . 옌수지는 거의 다 튀겨질 때쯤 지우청타 (九層塔) 이나 다진 마늘을 넣어 살짝 향을 돋우고 나서 후추로 간을 한다 . 향이 진동하고 바삭바삭한 옌수지는 먹기만 하면 중독시킬 정도로 다양한 연령층의 손님을 끌어들인다 .

　　鹽酥雞是台灣常見的小吃，作法主要是將雞肉切成小塊後以香料醃漬入味後裹粉油炸。台灣的鹽酥雞攤除了雞肉外也同時販賣其他食材，常見的有雞皮、甜不辣、杏鮑菇、薯條、銀絲卷、四季豆以及凍豆腐等，族繁不及備載，消費者可選擇自己喜歡的食材交由店家下鍋油炸。鹽酥雞在炸好即將起鍋前經常放入九層塔或蒜末略為爆香，起鍋後再以胡椒鹽調味。香氣四溢、口感酥脆的鹽酥雞讓不少人一吃就上癮，吸引了許多各年齡層的饕客。

성
젠
바
오
—
生
煎
包

　성젠바오는 타이완에서 흔히 볼 수 있는 전통 먹거리다．중국 상하이에서 유래된
것으로 일명 '수진포'로 불린다．요리법은 다진 돼지고기를 간장，설탕，후춧가
루 등의 양념으로 간을 한 뒤 파，다진 생강，양파 등을 넣어 고기소를 만들고 발효
된 얇은 피에 싸는 방식이다．잘 빚은 성젠바오를 팬에 물과 기름을 넣고 잘 부치면
먹을 수 있다．팬에서 막 꺼낸 성젠바오는 밑이 바삭바삭하고 겉은 쫄깃해서 씹히는
순간 향긋한 육즙이 뿜어져 나와 중독성이 크다．일반적인 성젠바오 속은 돼지고기
이지만 그 외에 양배추，부추，그리고 당면 등의 재료를 듬뿍 넣은 종류도 있다．

　　生煎包是台灣常見的傳統小吃，源自於中國上海，又稱「水煎包」。作法主
要是將豬絞肉以醬油、砂糖、胡椒粉等調味料調味後加入蔥花、薑末以及洋蔥等
材料製成肉餡，再包入桿薄的發酵麵皮中。包好的生煎包放入平底鍋中加入水和
油煎熟後即可食用。剛起鍋的水煎包底部酥脆，外皮彈牙有嚼勁，咬下的瞬間還
會噴出香濃的肉汁，相當過癮。常見的水煎包除了以豬絞肉為主要內餡外，另有
加入大量高麗菜、韭菜以及冬粉等材料的口味。

암
춘
단

──
鵪
鶉
蛋

　암춘단은 메추리알을 가리키는 것으로 야시장에서 흔히 볼 수 있는 구운 새알이 바로 암춘단이다. 현재 타이완의 메추리 사육 기술이 발전하여 메추리알 생산량은 상당히 안정적이다. 암춘단은 맛이 향기롭고 달걀보다 영양가가 높으며 부피가 작아 먹기 편해서 다양한 요리에 이용된다. 타이완에서 암춘단은 흔히 볼 수 있는 샤브샤브 재료 중 하나로, 물에 끓여서 껍질을 벗긴 후 바로 솥에 넣고 끓일 수 있다. 그 외의 다른 요리와도 잘 어울린다. 예를 들면 회삼선(燴三鮮)과 불도장(佛跳牆) 등이다. 또 익힌 암춘단을 대나무 꼬치에 꽂아서 구운 새알도 타이완에서 흔히 볼 수 있는 간식 중의 하나다.

　　鵪鶉蛋是鵪鶉產的卵，夜市常見的烤鳥蛋都是鵪鶉蛋。目前台灣的鵪鶉飼養技術成熟，因此鵪鶉蛋產量相當穩定。鵪鶉蛋口感芳醇，營養價值比雞蛋高；且因為體積小方便食用，而被廣泛運用在各種料理。在台灣，鵪鶉蛋是常見的火鍋料之一，經水煮去殼後即可入鍋中煮。此外也常搭配其他料理，像是燴三鮮、佛跳牆等。另外，將鵪鶉蛋加熱後以竹籤串起的烤鳥蛋也是台灣常見的點心之一。

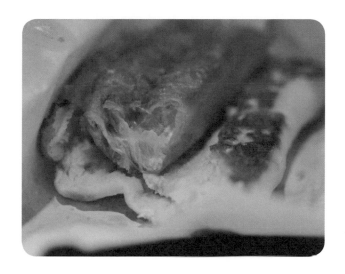

샤오빙 요우티아오 ─

燒餅油條

샤오빙 요우티아오는 전통적인 중국 북부지역 음식으로 타이완에서 친숙한 중국식 아침식사다 . 중국에서 전래된 것이지만 둘을 끼워서 먹는 방법은 대만 사람들이 고안해냈다 . 예전에는 샤오빙과 요우티아오를 파는 가게들이 물건을 팔기 위해 샤오빙의 중가을 잘라 거기에 요우티아오를 넣어 손님에게 제공했는데 뜻밖에 큰 인기를 끌게 되었고 , 이것이 샤오빙 요우티아오가 생겨난 유래다 .

燒餅與油條是傳統的中國北方飲食,在台灣為常見的中式早餐。雖然都源自中國,但將兩者搭在一起吃的吃法卻是由台灣人所創。據說早期同時有販賣燒餅與油條的攤販為了銷貨,而將燒餅從中間切開並夾入油條提供給客人,沒想到因此大受歡迎,燒餅油條的搭配就這麼流傳下來。

궈티에
——鍋貼

　　궈티에는 구운 교자로 일명 '지앤지아오'라고도 한다. 물만두보다 가늘고 길며 양쪽 끝이 열려 있어 만두 속의 고기를 볼 수 있다. 조리할 때는 잘 빚은 만두를 기름을 두른 냄비 속에 평평하게 배열한다. 좀 구워진 후에 다른 반죽을 넣어 두껑을 덮고 함께 다시 가열해주면 반죽의 물기가 증발하고 궈티에를 '덩어리째'로 식탁에 올릴 수 있다. 막 구워낸 궈티에를 한입 깨물어 보면 바삭한 밑부분과 신선하고 즙이 많은 속이 상당히 유혹적이다. 특이하게도 궈티에는 일본에서 보통 반찬으로 먹지만 타이완에서는 세끼 식사 용도가 될 수 있다.

　　鍋貼是一種用煎的餃子，又有「煎餃」之稱，外型較水餃細長，包製時會預留兩端縫隙，露出些許肉餡。鍋貼在料理時會將包好的餃子整齊排列於平底的油鍋，煎製片刻後加入調好的麵糊一同加熱並上蓋，待麵糊的水分蒸發後，即可將鍋貼「整片」起鍋上桌。一口咬下剛起鍋的鍋貼，酥脆而香的底部與鮮美多汁的內餡相當誘人。值得一提是，鍋貼在日本一般被當作配菜之一，但在台灣可是三餐都可食用的主食。

파
가
오 —

發
糕

　파가오는 타이완에서 설 명절을 맞아 제사를 지내거나 친지들에게 선물할 때 쓰는 쌀로 만든 식품이다 . 파가오라는 발음이 '부자가 된다'는 뜻을 갖고 있어서 돈을 많이 벌기를 기원하는 의미로 설 차례 상에 자주 올라온다 . 파가오가 길운을 가져온다는 의미에서 파가오 가게들은 각양각색의 파가오를 선보이며 보는 재미를 더해 준다 . 또 파가오를 쪄서 부풀어 올랐을 때 겉에 생긴 갈라진 금은 '웃음'을 뜻한다고 하여 파가오가 더 크게 부풀고 금이 더 깊을 수 록 새해에 더 많은 복이 온다고 믿는다 .

　發糕是台灣過年過節用來祭祀或贈予親友的米製食品。發糕諧音有「發財」之意，因此常用在過年祭祀場合以祈求財源廣進。為了讓發糕增添喜氣感，有些店家還會提供各種顏色的發糕，增加視覺上的效果。另外，客家人認為發糕蒸煮時，因脹裂而在表皮產生的裂痕有「笑」的涵義，因此發糕發的愈大，裂痕愈深，則代表新的一年愈有福氣。

띠과쵸
── 地瓜球

쫄깃하고 달달한 띠과쵸는 타이완 야시장의 흔한 간식거리다 . 끓는 기름에 고구마 반죽을 동그란 모양으로 만들어서 넣고 적당히 뒤집어가며 살짝 모양을 내주면 고구마 반죽은 부풀어 오르면서 공 모양이 된다 . 그래서 명칭이 띠과쵸다 .

彈牙甜蜜的地瓜球是台灣夜市常見小點心。其作法相當特別，在熱鍋的油裡放入揉成圈狀的地瓜麵團，適度翻攪到稍微成型後擠壓，將空氣擠出來，逐漸膨脹的地瓜麵團形成球狀體，故稱地瓜球。

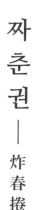

춘권튀김은 타이완 전통 음식 중 하나이다 . 춘권이란 이름의 유래는 옛사람들이 입춘 날에 춘권을 싸서 먹으며 평안과 건강을 기원했기 때문이다 . 그 후에 춘권은 점점 친숙한 음식 중의 하나가 되었다 . 타이완의 춘권튀김 제조법은 일반적으로 양념이 된 다진 고기와 속을 얇은 반죽에 싸서 가늘고 긴 원통 모양으로 말아 튀기는 것이다 . 튀김 솥에서 막 꺼낸 춘권튀김 껍질은 바삭바삭하고 속이 신선해서 연회장에서 애용된다 . 또한 춘권튀김은 짭짤한 재료 외에도 팥이나 찹쌀떡 같은 달달한 식재료를 넣어 튀기는 경우도 있는데 황금빛 겉표면에 속은 달콤한 팥이 들어 있어 의외로 많은 사랑을 받고 있다 .

炸春捲是台灣的傳統小吃之一。春捲的名稱由來源自於古人在立春當天會包春捲食用，以祈求平安健康，後來春捲逐漸成為了常見的菜餚之一。台灣的炸春捲作法主要是將調味過的絞肉和成的內餡包入薄麵皮後，捲成細長的圓筒狀再下鍋油炸。剛起鍋的炸春捲外皮酥脆，內餡鮮美，是宴席中常見的一道菜。而炸春捲除了以鹹料為餡，更有人將紅豆或麻糬等甜的食材包在春捲內油炸，金黃色的外表搭配甜美的紅豆餡，意外地受到不少人所喜愛。

샤
쥐
안
─
蝦
捲

　샤쥐안은 타이난의 유명한 지방 먹거리 중 하나이다 . 먼저 다진 파 , 다진 돼지고기 , 새우와 멸치 등을 소금과 후춧가루로 간을 하여 잘 버무린다 . 그리고 돼지 복막에 싸서 긴 모양으로 돌돌 말아낸 뒤 달걀물과 밀가루를 묻혀 튀긴다 . 껍질이 황금빛으로 튀겨지면 바로 솥에서 꺼내 상에 올릴 수 있다 . 완성된 샤쥐안의 겉껍질은 노릇노릇하고 속은 바삭하고 즙이 많다 . 샤쥐안의 식감의 비법은 속을 감싸는 돼지 복막에 있다 . 돼지 복막은 돼지고기 조직을 고정시키는 지방층이다 . 샤쥐안은 특별히 정육점에 부탁을 해야 살 수 있기 때문에 일반 가정에서는 두부 껍질로 대체하는 경우가 많다 . 이것을 소위 두부 껍질 샤쥐안이라고 부른다 .

　　蝦捲是台南著名的地方小吃之一。做法主要是將蔥末、豬絞肉、蝦仁以及旗魚漿，以蔥鹽與胡椒粉調味後拌勻，接著包入豬腹膜內捲成長條狀後，沾上蛋汁及麵粉下鍋油炸。待表皮炸至金黃色後即可起鍋上桌。完成後蝦捲的外皮金黃酥脆，內餡鮮脆多汁。而蝦捲的口感秘訣來自於用來包覆內餡的豬腹膜，豬腹膜是固定豬肉組織的油脂層，經高溫油炸油質會溶入蝦捲內餡，可大大提升蝦捲的滋味。由於豬腹膜需特別向肉販要求才能購得，一般家庭多以豆腐皮代替，而有所謂的腐皮蝦捲。

짜
으
아
—
炸
蚵
仔

‘으아’는 굴의 속칭이다 . 굴이 많이 나는 타이완에서는 굴 요리가 매우 다양한 데 짜으아가 그중 하나이다 . 짜으아는 타이완의 해물류 먹거리로 민남어 (閩南語) 로 ‘짜으아수’ 라고도 한다 . 굴은 껍질을 벗겨 마늘간장에 잠시 담갔다가 고구마 가루를 입혀 튀긴다 . 겉이 노릇노릇해지면 바질 (허브의 일종) 을 넣어 맛을 내고 곧 꺼내면 된다 . 짜으아는 흔히 후추 소금을 찍어 먹는다 . 타이완의 여러 해산물 식 당 , 러차오 (熱炒) 식당 또는 분식점에서 이 음식을 자주 볼 수 있다 .

「蚵仔」是牡蠣的俗稱。盛產牡蠣的台灣，牡蠣料理相當多元，炸蚵仔即是 其中之一。炸蚵仔是台灣的海鮮類小吃，閩南語中又稱為「炸蚵仔酥」。作法主 要是將牡蠣去殼以蒜頭醬油浸泡一段時間後，整體裹上地瓜粉並下鍋油炸，待外 表呈金黃色後丟入些許九層塔提味即可起鍋。炸蚵仔在食用時經常搭配胡椒鹽， 經裹粉油炸的鮮蚵鎖住了本身的湯汁及美味，口感外酥內軟，既下飯又下酒。在 台灣許多的海產店、熱炒店或小吃店，經常可看到這道菜的身影。

총좌빙
—蔥抓餅

　　총좌빙은 중국 산동 지방에서 전래된 전통 분식으로 현재 타이완에서 유행하는 간식이다 . 소금과 물로 밀가루 반죽을 만들어 거기에 기름과 파를 묻혀 밀대로 넓고 동그랗게 편다 . 모양이 만들어지면 양면이 황금빛이 될 때까지 총좌빙을 부친 후 두 개의 뒤집개로 껍질을 두드려서 먹으면 된다 . 타이완의 총좌빙은 다양한 재료를 곁 들여 즐길 수 있으며 , 흔히 볼 수 있는 쫜차이나 바질 , 달걀 외에도 최근에는 젊은 층의 입맛에 맞추기 위해 치즈 , 김치 , 김 등 여러 가지 재료를 넣는 가게도 있다 .

　　蔥抓餅是由中國山東傳入的傳統麵食，現為台灣的流行小吃。作法是將麵粉和鹽、水揉成麵團後放置，接著抹上油和蔥花後桿成圓形的薄片狀。成形的蔥抓餅油煎至兩面呈金黃色後，用兩支鐵鏟將表皮拍鬆即可食用。台灣的蔥抓餅可搭配多種配料享用，除了常見的酸菜、九層塔以及雞蛋外，近年來為了迎合年輕人的口味，亦有店家提供起司、泡菜以及海苔等數種配料供選擇。

우위즈 — 烏魚子

　　우위즈는 숭어 알을 소금에 절여 건조한 가공식품으로 타이완의 고급 선물 중 하나다. 숭어는 경세적 가치가 높은 식용어로서 온열대 해역에 주로 사는데, 타이완 근해가 바로 숭어의 밀집 지역이라서 매년 많은 숭어를 잡을 수 있다. 그러나 최근 지나친 포획으로 바다가 심각하게 파괴되었고 해온 상승 등으로 인해 숭어 어획량은 예전 같지 않다. 현재는 식용 수요를 충족시키기 위해 양식장에서 사육하고 있다. 우위즈이 가장 흔한 요리 방법은 우위즈를 고랑주에 절었다가 불에 굽는 깃이다. 알맞게 구워진 우위즈는 술 향이 가득하고 두툼해서 씹으면 향긋한 맛이 입안에 녹아들어 고색의 미삭을 사로잡는다.

　　烏魚子是將烏魚卵巢鹽漬後乾燥的加工食品，屬於台灣的高級伴手禮之一。烏魚是高經濟價值的食用魚，常洄游於溫、熱帶海域，台灣沿海正是烏魚的群聚處，每年可捕獲不少烏魚。但近年由於過度捕撈、沿海遭嚴重汙染、海溫上升等因素，烏魚漁獲量已大不如前。為了滿足食用需求，目前亦透過魚塭飼養。烏魚子最常見的料理方式是將烏魚子浸泡於高粱酒後再火烤。烤得恰熟的烏魚子酒香四溢、厚實飽滿，咀嚼後香醇濃郁的味道在唇齒間化開，征服饕客的味蕾。

chapter 2-2

經典美食

蒸・炒

阿給
竹筒飯
小籠包
肉圓
筒仔米糕
炒鱔魚
炒米粉
肉粽
炒麵
水餃
蘿蔔糕
潤餅
鹽水雞
豬血糕
割包
菜包
碗粿
草仔粿
紅龜粿
油飯

아
게
이
──
阿
給

　　아게이는 타이완의 유명 관광지인 단수이의 이색적인 먹거리로, 처음에 현지에서 음식을 팔던 주민들이 본의 아니게 실수로 만든 음식이라고 한다. 자른 유부 속에 볶은 당면을 넣은 후 마지막으로 겉을 어묵 반죽으로 싸 주면 된다. 아게이를 먹을 때 매콤한 특제 소스를 곁들여 먹는다. 아게이를 한입 깨물면유부에서터져 나오는 가는 당면의 묘한 식감때문에 다양한 연령층의 손님들을 매료시킨다. '아게이'라는 재미있고 기억하기 좋은 이름은 사실 일본어 유부 (油揚げ) 의 줄임말인 '揚げ' (발음이 아게이와 비슷하다) 다. 단수이 길거리에서 가장 유명한 먹거리다.

　　「阿給」是北台灣著名觀光景點──淡水的特色小吃，相傳是早期在當地賣小吃的居民誤打誤撞發明出來的美食。其作法是將對剪的油豆腐塞入炒過的冬粉後，再以魚漿封口成型，食用時可搭配特製的甜辣醬。一口咬下阿給後，細嫩的冬粉從油豆腐袋體迸發出的奇妙口感，征服了不少各年齡層的饕客。而「阿給」這個既有趣又好記的名字，其實源自於日語中油豆腐（油揚げ）的簡稱「揚げ」（音似「阿給」）是淡水老街最有名的小吃。

주 통 밥 ― 竹 筒 飯

죽통밥은 타이완 원주민의 특색 있는 음식이다 . 대나무를 잘라 죽통을 만든 뒤 미리 간을 한 쌀과 물 , 향신료를 넣고 숯불에 넣어 굽는다 . 죽통으로 만든 밥은 아주 쫄깃하고 옅은 대나무 향이 난다 . 그 맛의 비법은 죽통을 만드는 데 있다 . 일반적으로 쓰이는 죽통은 맹종죽과 계죽이다 . 맛있는 죽통밥을 만들기 위해 외관이 청록색인 청죽통을 주로 사용하는데 , 비교적 연한 대나무라서 통벽이 얇고 , 구울 때 열을 빨리 전도되어 대나무 향이 밥에 잘 스며든다 .

竹筒飯是台灣原住民的特色美食。作法是將竹子裁製成竹筒後，塞入事先調味過的米、水以及香料，最後將之密合後置於炭火上烘烤。竹筒飯煮出的米飯彈牙，又多了一股淡淡的竹子清香。其美味關鍵在於所使用的竹筒，一般用來製作竹筒的竹子以孟宗竹與桂竹為大宗。為了讓竹筒飯更美味，竹筒通常選用外觀青綠色的青竹筒，因其是較嫩的竹子，筒壁較薄，烘烤時導熱迅速，竹子香氣也較容易滲入米飯。

小
籠
包

샤
오
롱
바
오
—

　　샤오롱바오는 중국 상하이에서 유래된 간식으로 타이완의 전통 음식 중 하나이다 . 주로 양념된 돼지고기를 평평하게 편 만두피에 넣고 잘 오므린 뒤에 쪄서 먹으면 된다 . 먹을 때는 항상 생강채 , 식초 , 간장과 함께 먹는다 . 타이완 곳곳에는 많은 샤오롱바오 식당이 즐비한데 그중에 가장 유명한 맛집은 딩타이펑이다 . 딩타이펑은 아시아 , 아메리카 등에 해외 분점이 있을 정도로 많은 관광객들이 찾고 있어 샤오롱바오의 인기를 실감할 수 있다 .

　　小籠包是源自於中國上海的點心，也是台灣的傳統美食之一。作法主要是將調味後的豬絞肉放於桿平並醒好的麵團，最後再以折疊方式包覆後即可蒸煮食用。食用時經常搭配薑絲、黑醋以及醬油。台灣各地有許多小籠包的專賣店，其中最為出名的非鼎泰豐莫屬。鼎泰豐海外店遍及亞洲、美洲，更多是慕名來台品嘗的觀光客，足見小籠包受歡迎的程度。

바완은 타이완의 특색 있는 먹거리 중 하나로서, 외관은 대개 반투명하여 납작한 원형 모양을 하고 있다. 만드는 방법은 간단하다. 돼지고기 등 속 재료를 고구마 전분으로 만든 반투명 외피에 싸는 것이다. 주로 다진 마늘과 고수, 특제 소스를 곁들여 먹는다. 타이완 각지의 바완 재료와 조리 방식에 따라 맛도 각각의 특색이 있다. 가장 유명한 장화 바완은 안에 돼지고기 외에 죽순까지 넣고, 먼저 쪄서 튀기기 때문에 식감이 아주 쫄깃한다. 남부의 경우 핑동 바완은 비교적 간단하고 속은 돼지고기 위주여서 쪄낸 후 짜고 단맛이 나는 소스에 찍어 먹으면 쫀득쫀득한 식감을 느낄 수 있다.

肉圓是台灣的特色小吃之一，外觀大多呈扁圓形的半透明狀。作法簡單，將豬肉等餡料包入以番薯粉製成的半透明外皮中。食用時經常搭配蒜泥、香菜或是特製醬汁。台灣各地的肉圓用料與烹調方式不同，口味各有其特色。最有名的彰化肉圓，內餡除了豬肉還會包入筍絲，烹調方式則是採先蒸後炸，口感彈牙。而南部的屏東肉圓則較為簡單，內餡多以豬肉為主，蒸熟後淋上鹹甜醬即可食用，口感較為黏稠軟嫩。

당아미끄 —— 筒仔米糕

　　당아미끄는 찹쌀과 홍총두(紅蔥頭), 표고버섯을 양념에 버무려 볶은 뒤 로우짜오(肉燥)와 루딴(滷湖)을 죽통에 넣고 쪄서 먹는 타이완 전통 먹거리다. 완성된 당아미끄는 대나무 통에서 쏟아낸 후 고수와 특제 스위트 소스를 곁들여 먹으면 된다. 찹쌀밥의 쫄깃함과 더불어 입안에 남아 있는 죽통의 향을 느낄 수 있어 옛 맛을 불러일으키는 특별한 음식이다.

　　筒仔米糕是台灣傳統的小吃之一，作法是將糯米、紅蔥頭以及香菇配料拌炒後，再塞入放有肉燥與滷蛋的竹筒中蒸煮。完成後的筒仔米糕在倒出竹筒後可搭配香菜與特製甜醬一同享用。品嚐糯米飯彈牙的口感之餘，還能感受到殘留於唇齒間的竹筒清香，是道古意盎然的特色美食。

차오산유—
炒鱔魚

　　차오산유 (민물장어 볶음) 는 타이난의 유명한 먹거리 중 하나로 , 멸치를 파와 양파로 튀긴 뒤 설탕과 흑초 등의 조미료를 넣어 요리한 음식이다 . 민물장어는 영양가가 매우 높은 어류로 DHA 와 레시틴이 풍부하게 함유되어 있어 뇌세포의 발달에 도움이 되며 , 풍부한 미량원소도 기운을 강화하는 효능이 있다 . 민물장어는 죽은 뒤 독이 분비되기 때문에 반드시 요리하기 직전에 죽이고 볶아야 한다 . 바로 볶은 민물장어는 아삭아삭하고 육질이 신선해 보양에 좋고 맛도 좋은 음식이다 .

　　炒鱔魚為臺南著名的小吃之一，做法是將鱔魚以蔥段和洋蔥爆炒後，加入糖與黑醋等調味料後即可上桌。鱔魚是營養價值相當高的魚類，其所富含的 DHA 與卵磷脂有助於腦細胞的發展；而豐富的微量元素亦有養氣補血的功效。鱔魚由於死後會分泌有毒物質，因此必須現殺現炒。現炒的鱔魚口感爽脆且肉質鮮美，是既養生又美味的一道佳餚。

차오미펀

──炒米粉

　　미펀 (米粉) 은 일종의 쌀국수다 . 타이완 신주현에서 많이 생산된다 . 미펀은 조리법이 다양하며 그중에서도 차오미펀 (볶음쌀국수) 가 가장 흔하다 . 차오미펀은 쌀국수를 물에 담가 불린 뒤 당근 , 양배추 , 표고버섯 등을 채썰어 넣고 함께 섞어 볶는 요리다 . 포만감이 있고 소화가 잘 되기 때문에 각 종 연회장에 자주 나타난다 . 차오미펀은 연회장에서 늘 큰 접시에 차려 나오는데 하객들은 각자의 취향에 따라 마음껏 먹을 수 있어 인심이 후한 음식이라고 할 수 있다 .

　　米粉是一種將稻米製成麵條狀的食物，盛產於台灣新竹縣。米粉的料理方式非常多元，其中以炒米粉最為常見。炒米粉是將米粉浸水泡軟後，加入紅蘿蔔絲、高麗菜以及香菇等材料一起拌炒而成的料理。由於其飽足感佳、易消化，因而常出現在各種宴客場合。炒米粉在宴客場合經常以大盤盛裝，賓客可依各自喜好盡情享用，可說是道充滿人情味的佳餚。

로 우 쫑 —— 肉粽

　　로우쫑은 중국의 역사를 간직한 유서 깊은 전통 음식이다 . 전국시대 때　강에 투신해 죽은 굴원의 시체를 물고기가 먹지 못하도록 대나무잎으로 싼 밥을 물고기 에게 먹인 것이　로우쫑의 유래다 . 타이완의 로우쫑은 크게 남부식과 북부식 두 종 류로 나눌 수 있는데 , 북부식은 찹쌀을 간장 등의 조미료로 볶은 후 질긴 대나무 잎 에 싸서 찐다 . 맛은 요우판 (油飯) 과 비슷하다 . 남부식은 주로 찹쌀에 땅콩 , 표고 버섯 , 달걀 노른자 등을 첨가한 뒤 잎에 싸서 마지막에 통째로 물에 넣어 끓인다 . 남부지방은 북부지방에 비해 오래 끓이는 것이 특징이며 비교적 부드러운 잎으로 싸서 대나무 향을 진하게 느낄 수 있다 .

　　肉粽是中國歷史悠久的傳統美食。相傳戰國時代，為了讓投江的屈原屍體不 被魚群所吃，人們因而製作了以竹葉包米飯的食物餵魚，這就是肉粽的由來。台 灣的肉粽大致可分為南部粽與北部粽兩類，北部粽主要是將糯米以醬油等調味料 炒香後包入質地較硬的竹葉後蒸煮，口感類似於油飯；南部粽主要是將糯米添加 花生、香菇以及蛋黃等材料後包入粽葉，最後將整串粽子入水煮。相較於北部粽， 南部粽由於長時間水煮，加上普遍選用質地較軟的粽葉包製，因而多了竹葉香氣。

차오미엔

炒麵

차오미엔은 타이완에서 흔히 볼 수 있는 면음식이다. 현지 타이완식 차오미엔은 빛깔이 황금빛 요우미엔(油麵)을 사용하며 개인 취향에 따라 재료를 조합한다. 차오미엔의 요리법은 채소나 육류 등의 재료를 튀긴 뒤 미리 끓인 국수를 넣고, 물과 간장 같은 조미료를 넣어 국물이 좋아들면 상에 내놓는 것이다. 타이완에서는 어디에 가든지 차오미엔이 판매되고 있다. 그 종류도 많은데, 흔히 볼 수 있는 것은 모둠 차오미엔이다. 그 외에 고기 위주의 쇠고기 차오미엔이 있고, 해산물을 곁들인 삼선 차오미엔도 있다. 면류를 좋아하는 사람이라면 절대로 타이완의 차오미엔을 놓쳐서는 안 된다.

炒麵是台灣常見的麵食，道地的台式炒麵所使用的是色澤金黃的油麵，並依據個人喜好搭配配料。炒麵的作法主要是將蔬菜或肉類等配料爆炒後，加入事先燙好備用的麵條，最後加入水和醬油等調味料後待湯汁收乾即可上桌。在台灣，幾乎到處都有販售炒麵。其種類之多，除常見的什錦炒麵外，另有以肉類為主的牛肉炒麵，也有以海鮮為配料的三鮮炒麵。喜愛麵食的人，可千萬別錯過台灣的炒麵。

쉐
이
자
오
─
水
餃

　　쉐이자오는 중국의 전통적인 면식에서 유래된 것으로 타이완에 널리 알려져 있다. 요리법은 주로 다진 고기와 다진 파, 소금, 후춧가루 등의 재료를 섞어 속을 만든 후 얇은 만두피에 넣어 반달 모양으로 빚는다. 완성된 쉐이자오는 물에 넣어 삶고 떠오르면 건져내서 마늘소스를 묻혀 함께 먹는다. 쉐이자오는 타이완에서 종류가 아주 많다. 고기소는 흔히 볼 수 있는 돼지 뒷다리살 외에 쇠고기나 닭고기를 넣은 물만두가 있다. 또한 계절에 맞춰 호박, 배추 등 계절 채소를 넣기도 한다. 전통적으로 쉐이자오의 모양이 고대 화폐를 닮았기 때문에 재물을 부르는 상징으로 설날 식탁에서 빼놓을 수 없는 음식이다.

　　水餃源於中國的傳統麵食，在台灣極為普遍。作法主要將絞肉和蔥末、鹽、胡椒粉等材料摻合一起做成餡包入桿薄的麵皮後，捏成半月形。包製好的水餃下水燙煮待浮出水面後撈起上桌，常沾蒜蓉醬油一同食用。水餃在台灣的種類繁多，就肉餡而言，除了常見的豬後腿肉外，另有以牛肉或雞肉為餡的水餃。此外，也與季節搭配，包入像是瓠瓜、白菜等季節性的蔬菜。在傳統習俗中，水餃由於外型酷似古代的元寶，因而被視為招財的象徵，在過年時是餐桌上不可或缺的美食。

로보까오 —
蘿蔔糕

　　로보까오는 '차이토우꿰' 라고도 불리는데 타이완에서 흔히 볼 수 있는 쌀 을 재료로 한 간식으로 중국 광동 지방 일대에서 유래됐다. 무는 채를 썬 후 새우와 표고 버섯 등 양념과 함께 버무리고, 쌀가루와 전분을 섞어 만든 미숫가루에 넣고 쪄서 굳히면 완성된다. 로보까오 먹는 방법이 상당히 다양한데 가장 간단하면서도 흔한 방법은 로보까오를 한 조각 썰어서 기름에 튀긴 후 간장소스나 마늘소스를 묻혀 먹 는 것이다. 아침 식당에서 항상 볼 수 있는 메뉴다. 홍콩식 식당에서도 로보까오를 흔히 볼 수 있는데, 로보까오찜과 로보까오전 외에도 XO 소스로 볶은 로보까오도 상당히 친숙한 메뉴 중 하나이다.

　　蘿蔔糕又稱「菜頭粿」，在台灣是常見的米食點心，源自於中國廣東一帶。 作法是將白蘿蔔切絲後與蝦米及香菇絲等配料一同拌炒，接著加入在來米粉及太 白粉調成的米漿中蒸煮，凝固後即完成。蘿蔔糕的吃法相當多種，最簡單的也最 常見的吃法是將蘿蔔糕切塊油煎後沾上醬油膏或蒜蓉醬食用，是早餐店常態供應 的餐點。而常見的港式餐廳也有提供許多蘿蔔糕料理，除了蒸蘿蔔糕與煎蘿蔔糕 外，XO 醬炒蘿蔔糕相當常見的品項之一。

룬
삥
—
潤餅

　　룬삥은 타이완식 춘권으로, '룬'은 민남어로 '부드럽다'는 뜻이다. 기름에 튀기지 않은 대만식 춘권은 식감이 부드러워서 '룬삥'이라는 이름이 붙었다. 밀가루에 물을 넣어 걸죽하게 만들고 기름을 두른 팬의 바닥에 얇게 한 겹을 간 뒤 물기가 마르면 재빨리 팬에서 꺼낸다. 그러면 룬삥 껍질이 완성된다. 한편 룬삥은 북부와 남부 지역이 다르다. 북부의 룬삥은 맛이 담백한데 당근, 양배추, 돼지고기를 잘게 썰어 삶은 뒤 물기를 빼 낸 다음 무를 넣어 마무리한다. 남부 룬삥은 재료를 풍부하게 쓴다. 일반적으로 계란, 양배추, 오이, 무, 소시지 등을 기름으로 부치거나 또는 볶아서 섞은 뒤 껍질에 싸는데 땅콩기루와 설딩을 넣기도 한나.

　　潤餅為台式春捲，「潤」在閩南語中是「軟」的意思，不經過油炸的台式春捲口感偏軟，因而取名為「潤餅」。餅皮的作法為將麵粉加水調成液狀後，在平底的油鍋上鋪上薄薄的一層，待水分收乾後迅速起鍋，即可完成潤餅皮。而潤餅配料北部、南部有所差異。北部的潤餅口味清淡，將紅蘿蔔、高麗菜以及豬肉切成絲後汆燙煮熟，瀝乾水分後再包入餅皮裡即可完成；南部潤餅配料豐富，常見的有蛋絲、高麗菜、小黃瓜、蘿蔔以及香腸等，通常會過火油煎或拌炒後再包入餅皮，且會另外添加花生粉與糖粉。

옌 쉐 이 지 ─
鹽 水 雞

옌쉐이지는 타이완에서 흔히 볼 수 있는 먹거리 중 하나다 . 요리법은 닭 한 마리를 대만식 청주와 소금 , 한약재에 살짝 담갔다가 소금 간을 한 물에 넣고 끓인다 . 솥에서 꺼낸 뒤 식으면 조각으로 썰어 거기에 소스를 부어 파와 생강채로 맛을 내면 된다 . 타이완의 옌쉐이지 노점은 다양한 재료를 함께 팔고 있는데 , 닭 염통 , 닭의 위 , 닭 내장을 제외한 브로컬리 , 오이 , 미니옥수수 , 고기 완자 등 다양한 야채와 육류 제품이 있다 . 옌쉐이지는 옌수지처럼 기름에 튀기지 않기 때문에 , 비교적 맛이 깔끔해서 어린 여학생들의 많은 사랑을 받고 있다 .

鹽水雞是台灣常見的小吃之一。作法主要是將整隻雞以米酒、鹽及少許中藥材醃漬後放入鹽水鍋中熬煮，起鍋後放涼切塊，淋上醬汁並以蔥花和薑絲提味即可食用。台灣的鹽水雞攤同時會販賣多種食材，除了雞的雞心、雞胗、雞腸等部位外，另有花椰菜、小黃瓜、玉米筍、貢丸等多種蔬菜和肉類製品。由於鹽水雞不像鹽酥雞需下鍋油炸，口感較為清爽，受到不少女性消費者的喜愛。

주쉐까오 — 豬血糕

　　주쉐까오는 타이완의 먹거리 중 하나로 일명 '쌀 선지' 라고도 불린다 . 본래 중국 푸젠 (福建) 성의 음식이었으나 나중에 대만으로 온 이주민들에 의해 전래되었다 . 주쉐까오는 찹쌀과 돼지 선지를 넣어 함께 끓인 뒤솥에서 꺼내어 조각을 내 양념에 곁들여 먹는 것이 주된 방법이다 . 타이완 사람들이 주쉐까오를 먹을 때 사용하는 재료는 남부와 북부 지역이 각각 취향이 다르다 . 남부 사람들은 달콤한 고추장이나 간장 소스를 넣는 것을 선호하고 , 북부 사람들은 주쉐까오를 통째로 땅콩가루에 묻힌 후 고수를 조금 뿌려 먹는 것을 좋아한다 . 주쉐까오는 간식으로 직접 먹는 것 외에도 샤브샤브나 각종 요리의 재료로 자주 쓰인나 .

　　豬血糕是台灣的小吃之一，又可簡稱「米血」。其發源自中國福建，後來隨著外省移民傳入台灣。豬血糕主要作法是將糯米與豬血放入鍋中一同蒸煮，起鍋後即可切塊搭配佐料食用。台灣人食用豬血糕時使用的配料南北各有其喜好。南部民眾偏好加甜辣醬或醬油膏；而北部民眾則喜歡將整隻豬血糕沾上花生粉後，撒上些許香菜食用。豬血糕除了當作點心直接食用外，也是常見的食材，經常被用來當作火鍋料或料理配菜等。

꽈
바
오
—
割
包

　꽈바오 (割包) 는 타이완의 전통 먹거리로서 '제包'라고도 쓴다 . 긴 타원형 반죽을 발효해서 찐 후 거기에 조리한 돼지 삼겹살 , 쏸차이 , 고추와 땅콩가루를 사이에 넣는 것이 주된 요리 방법이다 . 기본적으로 맛은 짜지만 약간 단맛도 있다 . 햄버거와 방식이 비슷해서 '타이완 햄버'라는 별명이 붙었다 . 최근에 꽈바오 종류가점점 많아져서 삼겹살 대신 돼지고기 스테이크나 생선 스테이크 등 서양식 스테이크도 쓰고 있다 . 쏸차이 대신 계란 프라이나 상추 등의 재료를 넣는 등 다양한 맛을내고 있다 . 전통적인 관습 상 , 꽈바오는 송년회 분위기에 잘 맞는 음식이다 . 지갑처럼 생긴 외형은 송년회 때 꽈바오를 먹으면 부자가 된다는 의미를 상징한다 .

　　割包又寫作「刈包」，是台灣的傳統小吃。主要作法是將長橢圓形的麵糰發酵蒸熟後，夾入滷製過的豬五花肉、酸菜、辣椒以及花生粉。口感鹹香，略帶甜味。由於其製作手法與漢堡相似，有人因而又稱之為「台灣漢堡」。近年來，割包的種類愈來愈豐富，有人以豬排或炸魚排等西式的肉排取代豬五花，並夾入煎蛋或生菜等配料取代酸菜，口味新穎。在傳統習俗中，割包屬於尾牙的應景食物。其外型如同錢包，在尾牙時吃割包有象徵發財的涵義。

차이빵오 ― 菜包

종교 및 건강과 관련된 음식의 중요성이 커지면서 타이완의 많은 채식주의자들을 위해 음식도 채식으로 개량되었다. 차이빠오가 그중 하나이다. 타이완에서 흔히 볼 수 있는 차이빠오는 주로 양배추, 목이버섯, 홍당무 및 표고버섯 등의 재료를 채로 썰어 넣어 속이 아삭아삭하고 상큼한 식감이 나서 채식주의자들에게 인기가 높다. 타이완에도 또 다른 보쌈 하카 요리가 있는데, 겉이 일반 차이빠오와 다르며 속은 돼지고기, 무채, 표고버섯 및 새우가 주요 재료다. 하카 차이빠오의 식감은 겉은 부드럽고 속은 바삭하다. 맛이 싼 편이라 일반 육식자들의 입맛에도 잘 맞는다.

受宗教及養生觀念的影響，台灣的茹素人口眾多，許多食物都有改良成素食的版本，菜包就是其中之一。台灣常見的菜包主要以高麗菜絲、木耳絲、紅蘿蔔絲以及香菇絲等材料為內餡，口感爽脆而輕甜，深受素食者們的喜愛。台灣也有另一種包肉的客家菜包，其外皮與一般菜包不同，內餡部分則以豬肉、蘿蔔絲、香菇及蝦米材料為主。客家菜包的口感外軟內脆，味道較鹹，較符合一般葷食者的胃口。

와꿰
—
碗
粿

　　와꿰는 타이완에서 흔한 쌀 음식으로 , 타이난의 마도우와꿰 (麻豆碗粿) 가 가장 유명하다 . 주로 쌀즙을 데워서 작은 그릇에 여러 개 부어 모양을 만들고 표고버섯 , 다진 고기 , 새우와 루딴 (滷蛋 , 간장에 조린 계란) 등을 넣어 쪄낸다 . 와꿰는 맛이 퍽퍽해서 먹을 때 항상 무말랭이 , 간장소스 , 달달한 고추장을 곁들여 먹기도 한다 . 타이완의 와꿰는 최근 재료가 많이 발전하였다 . 예를 들어 쌀즙에 기름을 넣어 조리한 검은 와꿰나 호박을 넣어 만든 황금색 와꿰 등이 있다 .. 타이완사람들이 와꿰를 만드는 데 신경을 많이 쓰고 있음을 알 수 있다 .

　　碗粿是台灣常見的米食製品，最為著名的是台南的麻豆碗粿。作法主要是將米漿加熱後倒入數個小碗中成形，並加入香菇、肉末、蝦米以及滷蛋等配料，最後再清蒸即可。碗粿的口感綿密，食用時經常搭配蘿蔔乾、醬油膏或甜辣醬增添風味。台灣的碗粿近年在用料上也有許多創新，例如在米漿中加入蠔油調製而成的黑碗粿，或是與南瓜結合的金黃碗粿等，皆可看出台灣人對碗粿製作上的用心。

차 오 아 꿰 ─ 草仔粿

차오아꿰는 타이완 평푸족 (平埔族) 의 전통음식이다 . 껍질을 쑥 같은 식용 식물로 만들기 때문에 이름도 차오아꿰다 . 차오아꿰를 만드는 방법은 두 가지가 있다 . 찹쌀가루에 물을 넣어 동그랗게 반죽한 후 삶아 건져내고 , 식물 식용색소와 함께 뭉쳐 초록색 찹쌀 반죽을 만들어 겉껍질을 완성한다 . 속은 표고버섯 , 새우 , 고기채 , 무채를 술과 간장 , 설탕으로 볶아 준비한다 . 속 재료를 껍질에 싼 후 겉네 기름을 살짝 발라 대나무 잎에 올린다 . 찜기에 넣어 찐 다음 식혀서 먹으면 된다 . 치오아꿰는 달달하고 짠맛이 있다 . 그리고 쫄깃하고 바삭바삭하며 맛도 있고 몸에도 좋다 .

草仔粿是台灣平埔族的傳統美食。因外皮在製作時會加入艾草等可食用的植物草，因而命名為草仔粿。草仔粿的做法分為兩部分，將糯米粉加水和成糰狀後煮熟撈起，再與植物草汁一同加入糰中揉成草綠色的糯米糰即完成外皮；內餡部分是將香菇、蝦米、肉絲以及蘿蔔絲以酒、醬油及砂糖炒勻備用。將餡料包入外皮後塗抹少許的油，放在粽葉上後入蒸籠蒸熟放涼即可享用。草仔粿口感鹹甜，彈牙中帶脆，既美味又健康。

앙구꿰
—
紅龜粿

　앙구꿰는 타이완에서 명절 때 제수용으로 많이 쓰이는 찹쌀 음식이다 . 겉은 붉은 색의 납작한 원 모양이며 식감은 쫄깃하고 달달하다 . 타이완에서는 앙구꿰가 만들어지면 복숭아 꽃무늬와 거북무늬 등의 문양이 박힌 특수 제작된 나무떡틀로 누르거나 복 (福), 록 (祿), 수 (壽) 등 행운을 대표하는 글자를 찍어 신의 가호를 빌기도 한다 . 앙구꿰는 간식 이외에 복을 빌 때 더 자주 쓰는 중요한 도구다 .

　紅龜粿是台灣節慶拜拜時，常用來作為供品的糯米食品。外型為紅色的扁圓狀，口感彈牙而甜。在台灣，紅龜粿在完成後會利用特製的木質模印壓出像是桃葉紋和龜紋等等的紋路，有時還會印壓福祿壽等代表吉祥的文字，以祈求神明保佑。紅龜粿除了是甜點外，更是祈福時的重要工具。

요
우
판
─
油
飯

요우판은 타이완 전통 쌀밥의 일종으로 찐 찹쌀을 볶은 양념에 버무려 참기름과 간장으로 간을 맞춘다. 채 썬 고기, 표고버섯, 새우, 튀긴 양파 등 다양한 재료가 곁들여진다. 요우판은 타이완의 전통 선물의 하나로, 집안에서 아기가 태어나면 마요지(麻油鷄)와 요우판으로 조상에게 제사를 지내고 친지들에게 나누어주는 풍습이 있다. 지금처럼 물자가 풍부하지 않던 과거에는 출산 등 경사가 있어서 선물을 할 때 주변에서 쉽게 구할 수 있는 재료를 이용해 밥을 만드는 경우가 많았다. 요우판은 만드는 방법이 간단해서 선물로서는 가장 좋은 선택이었다.

油飯是台灣傳統米食料理的一種，常見作法是將蒸熟的糯米拌入炒香的配料，最後以麻油及醬油調味。而油飯的配料相當多種，常見的有肉絲、香菇、蝦米及紅蔥酥等等。油飯是台灣的傳統伴手禮之一，根據台灣傳統習俗，家中若有嬰兒出生，會以麻油雞及油飯祭祖並分送親友。早期由於物資不如現代豐富，若遇上產子等喜事需要送禮時，經常利用身邊容易取得的材料來製作，例如米飯。油飯做法簡單，因而成了送禮的首選。

chapter 2-3

經典美食

烤‧煮

지로우판 — 雞肉飯

　지로우판은 타이완에서 흔히 볼 수 있는 먹거리 중 하나이다. 닭을 물에 삶아 가늘게 찢은 뒤 밥 위에 올려놓고 소스를 뿌려 만드는 것으로 표고버섯과 단무지와도 같이 먹는다. 맛이 담백해서 정식 식사로도 아주 좋다. 타이완에서 가장 유명한 닭고기밥은 자이의 칠면조 덮밥이다. 특히 자이사람들은 지로우판을 정식 식사 외에 아침이나 야식으로도 먹는다. 그만큼 지로우판의 매력은 남다르다.

　雞肉飯是台灣常見的小吃之一。作法是將雞肉經水煮後撕成細絲，擺置於飯上再淋上醬汁即可完成，經常搭配香菇以及黃蘿蔔一同享用。其口感清爽不膩，可說是正餐首選之一。台灣最著名的雞肉飯是嘉義的火雞肉飯。值得一提的是，雞肉飯對嘉義當地居民而言，是道除了正餐外，亦可作為早餐或宵夜的小吃。由此可見雞肉飯的魅力深植人心。

어아몐셴
─ 蚵仔麵線

　　어아미엔시엔은 타이완의 특색 있는 먹거리 중 하나이다 . 신선한 굴을 전분에 묻힌 후 면국물을 넣고 끓여주면 어아미엔시엔이 완성된다 . 주로 식초와 다진 마늘 , 고수와 함께 먹는다 . 어아미엔시엔은 재료는 간단하지만 신선한 굴과 미끌미끌한 면을 동시에 맛볼 수 있어 남녀노소의 입맛을 사로잡고 있다 . 어아미엔시엔의 좋고 나쁨은 굴의 신선도에 달려 있다 . 굴이 싱싱할수록 식당도 장사가 잘 된다 .

　　蚵仔麵線是台灣的特色小吃之一。將鮮蚵沾太白粉後，加入麵線湯烹煮即可完成蚵仔麵線。食用時常搭配烏醋、蒜末以及香菜一同享用。蚵仔麵線用料雖簡單，但一口就可同時嚐到蚵的鮮美以及麵線的滑順，因此抓住了不少男女老少的心。一碗蚵仔麵線的好壞取決於蚵的鮮度，蚵愈是新鮮的店家生意就愈好。

후
쟈
오
삥
—
胡
椒
餅

후쟈오삥은 중국 푸저우 지방에서 유래된 분식으로 일명 '푸저우빙 (福州餅)' 이라고도 한다 . 푸저우는 민남어로 후추와 발음이 비슷하기 때문에 본래의 푸저우빙 (福州餅) 이 '후추떡' 과 같은 소리로 읽히게 되었다 . 주로 후추 , 다진 파와 각종 향신료로 양념한 다진 돼지고기를 반죽에 싼다 . 겉에 설탕물을 얇게 바르고 깨를 뿌린 후 데워진 솥에 넣고 구우면 완성된다 . 금방 만든 후자오삥은 바삭바삭하고 육질이 신선하다 . 어떤 가게에서는 후자오삥 속에 붉은 고기와 삼겹살 두 종류를 나눠쓰고 있다 . 붉은 고기는 식감이 비교적 단단하고 기름기가 적은 반면 삼겹살은 연하고 기름기가 많다 .

胡椒餅是源自於中國福州地區的麵食，又稱為「福州餅」。由於閩南語中福州與胡椒的讀音相當相似，久而久之福州餅就被唸成了「胡椒餅」，這就是其名稱的由來。作法主要是將以胡椒、蔥末和各種香料調味而成絞肉包入麵糊團中，在外皮塗上薄薄的糖水並撒上芝麻後，貼在燒有柴火的鐵鍋內部烘烤，完成後即可食用。剛出爐的胡椒餅口感酥脆，肉質鮮美。有些店家的胡椒餅內餡又分赤肉與五花肉兩種，赤肉的口感較為紮實，油花較少；而五花肉則較為軟嫩，油脂較多。

擔仔麵 단자이미엔 —

단자이미엔은 타이난에서 비롯된 이색적인 먹거리다 . 이 명칭이 유래된 것도 상당히 흥미롭다 . 초기에 현지 주민들이 면을 팔 때 멜대 (민남어로 '단자이') 를 메고 거리에 나가서 팔았다고 해서 '단자이미엔' 으로 불린다 . 단지이미엔의 요리법은 데친 타이완식 요미엔 (油麵) 에 새우 , 러우짜오 , 미늘 , 고수 등을 넣고 마지막에 국물을 넣으면 고소한 면이 완성된다 . 타이난 현지에는 '도소월' (度小月) 이라고 부르는 오래된 식당이 가장 유명하다 . 이 곳의 특징은 바로 조상 대대로 진해오는 비법으로 만든 고기가 단자이면의 맛과 향을 한층 더해준다는 것이다 .

擔仔麵是源自於台南的特色小吃，其名稱來源相當有趣。相傳早期當地居民賣麵時，會以扁擔（閩南語稱「擔仔」）挑著麵條至大街兜售，這種麵因而被稱為「擔仔麵」。擔仔麵的做法是將燙熟的台式油麵加入蝦子、肉燥、蒜泥以及香菜等配料，最後再加入高湯，即可完成一碗香氣四溢的擔仔麵。臺南當地有許多販賣擔仔麵的店家，其中以名為「度小月」的老店最為聞名。亮點就在於其自製的祖傳肉燥，味香芳醇，為擔仔麵的美味增色不少。

카오씨앙창 ──

烤香腸

    샹창은 다진 돼지고기를 다진 마늘 , 고량주 등으로 간을 한 뒤 돼지 창자에 채운 음식으로서 오늘날까지 다양한 맛을 자랑하고 있다 . 일반적인 맛은 오리지널 샹창인데 , 그 외에 날치알 , 조개관자 및 오징어 등 다양한 맛도 있다 .

    샹창의 주요 요리법은 불에 굽는 것이다 . 구운 샹창은 흔히 마늘과 함께 먹으면서 비린내를 없애준다 . 맛이 다른 샹창 외에도 타이완 길거리 노점들은 다양한 크기의 구운 샹창을 판매하고 있으며 , 가장 작은 샹창은 이름이 한입 샹창이라고 해서 말 그대로 한입에 먹을 수 있다 . 가장 큰 샹창은 지름 8cm 정도이다 . 예를 들면 스린 대 (大) 샹창 등 , 주로 얇게 썰어서 먹는다 .

    香腸是將豬絞肉以蒜末、高粱酒等調味後灌入豬腸的美食，發展至今口味眾多。常見的口味除一般的原味香腸外，另有飛魚卵、干貝以及墨魚等口味，種類多不勝數。而香腸常見的料理方式是火烤，火烤後的香腸經常搭配蒜苗一同食用，以去腥解膩。除了不同口味的香腸外，台灣街頭巷尾的攤販更有販賣各種尺寸不同的烤香腸，尺寸最小的香腸又稱一口香腸，顧名思義一口就能食用完畢；而尺寸最大的香腸可到達直徑 8 公分，如士林大香腸等，通常都以切片方式食用。

미편탕 ── 米粉湯

미편은 쌀로 만든 국수이다. 가장 흔한 미편 요리로는 미편 볶음, 미편탕이 있다. 타이완 각지의 미편탕 제조법은 거의 비슷하여 미편의 경우 주로 굵기에 두 종류가 있다. 굵은 미편은 일반적으로 맛이 매끄럽고 길이가 짧은 반면, 가는 미편는 쫄깃하고 바삭거리며 길이가 길다. 국물은 소뼈와 돼지뼈로 끓인 육수가 가장 일반적이다. 또 미편탕은 콩나물과 부추를 주재료로 쓰는데 완성된 후에는 돼지기름, 튀긴 마늘, 미나리를 넣어 맛을 잡아준다.

　　米粉是用稻米製作的麵條。最常見的米粉料理有炒米粉、米粉湯。台灣各地的米粉湯作法大同小異，就米粉來說主要分粗細兩種。粗米粉普遍口感滑順，且長度較短；細米粉則 Q 彈爽脆，長度較長。湯頭部分則以牛骨和豬骨熬製的高湯最為常見。而米粉湯配料也相當簡單，以豆芽菜、韭菜為主，完成後會再加入豬油、油蔥酥或是芹菜丁增添風味。

로우껑

—— 肉羹

　　로우껑은 대표적인 타이완 요리 중 하나이다. 돼지 비계와 살코기, 생선을 일정 비율로 섞고 소금과 설탕 등의 양념과 섞어서 갈아준 후에 덩어리로 빚어서 삶는다. 마지막으로 표고버섯과 배추 등을 넣고 끓인 국물에 넣으면 맛있는 로우껑이 완성된다. 쫄깃한 완자와 상큼한 국물은 입안에서 술술 넘어간다. 로우껑은 잔치에 자주 오르는 인기 메뉴 중 하나다.

　　肉羹是具代表性的台灣料理之一。將豬的肥肉、瘦肉以及魚漿依固定比例以鹽和糖等調味料拌成肉泥後，捏製成塊燙熟。最後放入以香菇及白菜等材料燉煮而成的羹湯，即可完成一碗美味的肉羹。彈牙的肉泥塊搭配清甜的羹湯相當易入口，肉羹因而成為常見的宴席料理之一。

훈
뚠
탕
—
餛
飩
湯

　　훈뚠탕은 밀가루 반죽을 얇은 껍질로 만들어 고기를 넣어 삶아 먹는 전통음식으로 타이완에서는 '비엔스'（扁食）라고도 한다 . 중국 화베이（華北）지역에서 유래된 훈뚠은 타이완에 전해진 뒤 대중들이 즐기는 미식 중 하나가 되었다 . 현재 대만에서 가장 유명한 훈뚠은 핑둥의 리강훈뚠 , 화롄의 위리훈뚠 , 타이베이의 윈저우훈뚠 등 세 가지를 꼽을 수 있는데 외형과 맛에서 각각 특색이 있다 . 돼지뼈로 끓인 맑은 국물로 훈뚠탕을 만들곤 하는데 , 먹기 전에 대만 청주와 파를 조금 넣어서 함께 먹는다 . 향긋한 국물에 부드럽고 졸깃한 훈뚠은 최고의 조합이라고 할 수 있다 .

　　餛飩是一種將麵團桿成薄皮並於中間包入肉餡後煮熟食用的傳統食品，在台灣又稱「扁食」。源自於中國華北地區的餛飩，在傳入台灣後成了普羅大眾的美食之一。目前台灣最為著名的餛飩可列舉出三種，分別是屏東的里港餛飩、花蓮的玉里餛飩以及台北的溫州餛飩，無論在外型或味道都各有其特色。餛飩經常與豬骨熬成的清湯搭配做成餛飩湯，食用前會加入少許米酒以及蔥花一起享用。清香的湯頭與滑嫩彈牙的餛飩可說是最完美的搭配。

딩비엔추어

鼎邊銼

딩비엔추어는 쌀 요리의 일종으로 중국 푸저우에서 유래됐으며, 현재 타이난과 지룽의 딩비엔추어가 가장 유명하다. 쌀을 갈아 쌀즙을 만든 후 큰 솥에 소량의 물을 부어 끓이고 솥 벽에는 기름을 살짝 바른 뒤 쌀즙을 벽을 따라 부으면 벽면을 따라 내려가는 쌀즙이 물결치듯 움직이면서 '추어(넓적한 수제비 모양)'가 완성된다. 완성된 추어는 보통 국물과 함께 요리하는데 배추, 표고버섯, 무, 파 등의 재료를 넣어서 쫄깃하고 국물 맛이 달짝지근하고 개운하다. '추어'란 민남어로 '유동', '꿈틀거림'이라는 뜻이고, 솥의 벽을 따라 쌀즙이 아래로 흘러내려 물 위를 헤엄치는 모습을 보고 붙여진 이름이다.

鼎邊銼是米食小吃的一種，源自於中國福州，目前以台南和基隆的最有名。將米磨成米漿後，在大鍋中燒滾少量的水。接著在鍋壁抹上些許油後，將米漿沿著鍋壁淋上，沿著鍋壁而下的米漿會在沸騰的鍋邊游動後蒸熟完成「銼」。完成後的銼經常搭配羹湯一同料理，同時會加入白菜、香菇、蘿蔔或是蔥頭等配料，口感彈牙，湯頭清甜。「銼」字在閩南語是「游動」、「蠕動」的意思，鼎邊銼就是以米漿沿鍋壁滴落後在水面游動的樣子來命名的，相當有趣。

첵
아
미
─
切
仔
麵

첵아미는 타이완 전통 국수의 하나로 노란색이고 옌쉐이미엔이라고도 한다. '첵아'는 민남어로 위아래로 흔들어 물기를 털어낸다는 뜻으로, 국수를 데울 때 망국자를 위아래로 흔든다고 해서 붙여진 이름이다. 현지의 첵아미는 돼지뼈와 닭뼈 등천연 재료로만 육수를 내고 다른 소미료는 선혀 쓰지 않는다. 첵아미는 수로 콩나물, 부추, 러우짜오와 달걀조림 등 간단한 재료로 만든다. 보통 먹기 전에 약간의 고수와 미나리를 곁들인다. 진한 국물과 쫄깃한 면발, 난순한 맛에 큰 반족삼을 주는 것이 첵아미의 매력이다.

切仔麵是台灣傳統的湯麵之一，麵體呈黃色，又稱鹹水麵。「切仔」在閩南語中是上下擺動甩乾水分的意思，由於在燙煮麵條時會上下擺動網勺，這種麵因而取名為切仔麵。道地的切仔麵會以豬骨和雞骨等天然素材熬製高湯，過程中完全不加味精。而切仔麵的配料其實相當簡單，常見的有豆芽菜、韭菜、肉燥及滷蛋等，一般在享用前還會加入少許的香菜及芹菜丁。濃醇的湯頭與彈牙的麵條，簡單的美味卻讓人大大地滿足，這就是切仔麵的魅力。

위완탕
── 魚丸湯

　　타이완은 섬나라로 사면이 바다로 둘러싸여 있는 우수한 환경이라서 각지에 풍부한 어업자원이 있다 . 그래서 어육으로 만든 식품이 매우 다양한데 위완이 그중 하나다 . 위완은 주로 신선한 어육을 재료로 쓴다 . 어육을 잘게 다진후 세게 내리쳐서 생선반죽을 만들어 마지막에는 공 모양으로 빚는다 . 위완탕은 매우 간단한 탕요리로 , 육수를 끓인 후 위완을 넣고 끓인다 . 끓으면 미나리를 넣어 맛을 내면 완성이 된 것이다 . 타이완은 위완의 종류도 매우 다양하다 . 예를 들면 타 이난의 농어 위완 , 가오슝의 청새치위완 (旗魚木) 등 여러 종류의 다른 어류로 만든 위완이 각자 저마다의 풍미를 가지고 있다 .

　　台灣屬島嶼國家，受四面環海的環境優勢，各地皆有豐富的漁業資源。因此以魚肉製成的食品相當多元，魚丸便是其中之一。魚丸主要以新鮮的魚肉為材料，將魚肉剁碎成絞肉並用力搥打後製成魚漿，最後捏成球狀。魚丸湯是一道極為簡單的湯品，將高湯煮開後丟入魚丸燙熟並加入芹菜丁提味即可完成。而台灣的魚丸種類也相當豐富，像台南的虱目魚丸、高雄的旗魚丸等，由不同的魚類所製成的魚丸口味各有千秋。

투 튀 위 껑
—
土
魠
魚
羹

　　투튀위껑은 튀긴 삼치를 국에 넣어 요리한 타이난 음식이다 . 정성공이 타이완을 통치하던 시절 그 부하인 시랑의 아버지와 동생을 죽였다 . 시랑은 분을 삭이며 청나라로 망명했다고 전해진다 . 그 후에 시랑은 청나라의 수군 제독이 되었고 , 명령을 받아 타이완으로 와서 징 씨 징권을 제거한 후 타이완을 통치하는데 성공하였다 . 낭시 시랑은 백성이 올린 삼치를 즐겨 먹었는데 , 이 때 백성들은 이 생선을 '제독어' 라고 불렀다 . 이후 '제독어' 는 흔히 '투튀위껑' 이라고 불렀는데 , 이것이 바로 투튀위껑이라는 명칭이 생긴 유래다 . 겉은 바삭하고 속은 부드러운 삼치 튀김과 매콤한 탕은 타이난을 방문할 때 꼭 맛봐야 할 좋은 요리다 .

　　土魠魚羹發源於台南，是將炸過的土魠魚入羹料理的一道美食。「土魠魚」是俗稱的鰆魚，相傳鄭成功統治台灣時期，殺掉其手下—施琅的父親和弟弟，施琅憤而投靠清朝。後來施琅成為清朝的水軍提督，奉命前來台灣剷除鄭氏政權，最後成功取下台灣。而當時的施琅相當喜歡吃百姓奉上的鰆魚，百姓因而稱鰆魚為「提督魚」。後來「提督魚」常被唸成「土魠魚」，這就是土魠魚的名稱由來。外酥內嫩的炸土魠魚搭配滑順鮮甜的羹湯，是造訪台南非嚐不可的一道佳餚。

따오샤오몐
── 刀削麵

따오샤오미엔은 중국 산시성에서 전래된 음식이다 . 보통 가늘고 긴 면발은 기계로 만드는 경우가 많은데 , 따오샤오미엔은 손으로 반죽을 한 뒤 다시 칼집을 내서 버들잎 모양을 만들거나 굵게 모양을 만든다 . 식감은 반죽의 수분이 적어서 씹을 때 쫄깃하고 만족감이 있다 . 요리법은 크게 국수와 볶음면 두 가지 종류가 있다 . 국수는 주로 쇠고기 따오샤오미엔으로 진한 국물과 쫄깃한 따오샤오미엔은 가장 인기 있는 조합이라고 할 수 있다 . 따오샤오미엔은 또 목이버섯 , 무채 , 청경채 등과 함께 무치면 향과 맛 , 모양까지 두루 갖춘 따오샤오미엔이 된다 . 이 요리는 가정에서도 자주 먹는 보편화된 요리 중 하나이다 .

刀削麵是中國山西傳入的美食。一般細而長的麵條多以機器成型，刀削麵則不同，是以手工揉麵後再用刀具削成柳葉狀或粗長狀。口感而言，由於刀削麵的麵糰水分較少，故口感相當紮實有嚼勁。做法大致分為湯麵與炒麵兩種。湯麵部分經常製成牛肉刀削麵，濃郁的湯頭結合帶勁的刀削麵可說是最受歡迎的組合。另外，刀削麵也常和木耳、蘿蔔絲和青江菜等材料一同拌炒，完成後的什錦刀削麵色香味俱全，是相當普遍的家常菜之一。

양춘면 — 陽春麵

양춘면은 다른 식재료가 특별히 첨가되지 않은 국수를 말한다 . 초기 물자가 부족한 농업사회에서 싸고 편하게 먹을 수 있어 주식으로 자주 먹었다 . 그 유래는 상당히 흥미롭다 . 중국 역법에서 음력 10 월은 기후가 따뜻해 해가 뜨는 봄과 같다는 이유로 '소양춘' 이라고 불렀고 그래서 '양춘' 은 '십' 이리는 뜻을 가지고 있다 . 당시에 때마침 맑은 탕면을 10 분 안에 다 팔았다고 해서 '양춘면' 이라는 이름이 붙었다 . 현대의 양춘면도 어전히 간단해서 보통 루딴 , 말린 두부 , 삶은 채소 등의 반찬과 함께 먹는다 . 소박한 옛정을 떠올림과 동시에 포만감도 느낄 수 있다 .

陽春麵是指不含任何配料的白湯麵。早期物資缺乏的農業社會，由於其便宜且方便，經常被作為主食。其命名由來相當有趣，中國曆法中，農曆十月因為氣候暖和如同出太陽的春天，稱為「小陽春」，「陽春」因而引申為「十」的意思。恰巧白湯麵在早期都是以十分錢販售，所以有了「陽春麵」這名字。現代的陽春麵依舊簡單，經常搭配滷蛋、豆干或燙青菜等小菜一同享用。在緬懷淳樸古早風情的同時，又具備飽足感。

요
우
위
껑
―
魷
魚
羹

오징어는 타이완에서 흔히 볼 수 있는 해산물 식재료 중 하나인데 요우위껑 (오징어묵)은 가장 보편적인 오징어 요리라고 할 수 있다. 요우위껑은 후아즈껑 (花枝羹, 갑오징어묵) 과 비슷한 묵 종류이며 , 만드는 방법은 약간의 차이가 있다 . 후아즈껑은 먼저 볶다가 다시 걸쭉한 묵으로 만드는 경우가 많은데 , 요우위껑은 그것과 반대로 우선 묵탕을 준비해서 거기에 오징어를 넣는다 . 오징어를 삶아 무 , 죽순 및 표고버섯 등의 양념과 함께 버무리고 , 볶은 오징어와 재료를 넣고 미리 끓인 묵도 넣어걸쭉해지면 완성된 것이다 . 요우위껑은 종종 샤차 소스를 넣어서 만드는데 그것이샤차 요우위껑이 된다 . 국물의 진한 향기와 오징어의 쫄깃한 식감은 사람의 식욕을돋워 준다 .

魷魚是台灣常見的海鮮食材之一，而魷魚羹可說是最常見的魷魚料理。魷魚羹與花枝羹是相似的羹類，作法卻有些微差異。花枝羹經常先炒後再勾芡成羹，魷魚羹正好相反，是先準備羹湯後再放入魷魚。常見的做法主要是將魷魚燙熟後，與蘿蔔、筍絲以及香菇等配料一同拌炒，最後將拌炒後的魷魚與配料加入事先熬好的羹湯並勾芡即完成。魷魚羹經常與沙茶醬搭配，料理成沙茶魷魚羹。其湯頭香氣四溢，魷魚彈牙有嚼勁，令人胃口大開。

미타이무 — 米苔目

미타이무는 타이완에서 가장 대표적인 하카 요리다. 쌀가루를 물과 섞어 반죽한 뒤 나무 체에 대고 반복해서 비빌 때 대나무 체의 구멍에서 나오는 가늘고 기나란 것이 미타이무다. 미타이무의 '타이'(苔) 발음은 민남어의 '체'(篩)와 같다. '미타이무'의 뜻은 쌀 반죽을 나무 체 사이로 밀어넣는다는 뜻으로 이것이 미타이무 명칭의 유래다. 미타이무는 보통 잘게 썬 고기, 새우, 볶은 파 및 채소를 넣어 국물을 끓이며, 각종 재료를 넣은 볶은 미타이무도 자주 만들어 먹는다. 대개 짭짤하게 만들어 먹지만, 때로는 달콤한 맛으로 만들어서 타이완에서 흔히 볼 수 있는 빙수의 재료가 되기도 한다.

米苔目是台灣最具代表的客家料理。將在來米粉加水調成糊狀後放在木篩上反覆搓揉，從竹木篩的洞眼出來的米糊會形成條狀，這就是米苔目。米苔目的「苔」音同閩南語的「篩」，「米篩目」指的就是將米糊壓出木篩洞眼的意思，這就是米苔目的命名由來。米苔目經常和肉絲、蝦米、油蔥及蔬菜一起煮成米苔目湯，也常加入各種食材做成炒米苔目。除用於鹹食外，米苔目也常做成甜的口味，在台灣是常見的刨冰配料。

따창바오샤오창 大腸包小腸

따창바오샤오창은 누어미창 (糯米腸) 과 타이완식 샹창 (香腸) 을 결합한 작은 음식이다 . 따창 (大腸) 은 찹쌀로 만든 타이완식 순대의 하나로 돼지 대장에 찹쌀과 땅콩 볶은 향을 채워넣은 긴 모양의 음식을 의미하며 , 샤오창 (小腸) 이란 타이완식 샹창인데 다진 돼지 고기를 돼지 소장에 넣은 육가공 식품이다 . 타이완에서는 타이완식 순대를 파는 가게들이 따창과 샤오창을 함께 팔고 있다 . 요리법은 누어미창을 물에 익힌 뒤 그 사이를 잘라 구운 소시지에 싸고 소스를 바르는 것이다 . 많은 가게들이 다진 마늘과 고수 , 쏸차이 등의 재료를 배합하여 입을 즐겁게 해 준다 .

大腸包小腸是結合糯米腸與台式香腸的小吃。大腸即為糯米腸,是將糯米與花生炒香後塞入豬大腸包成長條狀的食物;而小腸指的是台式香腸,是將豬絞肉包入豬小腸的肉類製品。台灣有許多販賣大腸與小腸的攤販會同時販賣大腸包小腸這項美食,做法是將糯米腸以水煮熟後,將其中間切開並包入烤好的香腸並刷上醬料及可完成。許多店家會另外夾入蒜末、香菜及酸菜等配料以增添口感。

량미엔
──
涼
麵

　　타이완식 량미엔은 참깨 소스 , 간장 , 식초 , 마늘 소스를 쫀득쫀득한 면발에 뿌려 주고 오이 채 , 당근을 곁들여서 더운 여름에 한 접시만 먹어도 속이 든든할 뿐 아니라 더위도 식힐 수 있다 . 타이완의 각 편의점에는 여름 추천 상품으로 다양한 소스 맛의 제품이 나오는데 매일 먹어도 질리지 않는다 .

　　台式涼麵佐以芝麻醬、醬油、醋、蒜汁，彈牙麵條搭配切絲小黃瓜、胡蘿蔔，在炎炎夏日裡吃上一盤既有飽足感又消暑。台灣各大超商夏日主推商品，多樣醬包口味任君挑選，即使天天吃也不會膩。

시엔저우 ── 鹹粥

　　죽은 일명 '시판(稀飯)'이라고도 하며, 밥을 걸쭉하게 끓인 요리다. 먹기가 아주 편하기 때문에 아침 식사 외에도 환자들도 주식으로 자주 먹는다. 흰죽에 여러 가지 다른 재료를 넣고 끓여서 만든 죽이 '시엔저우'이다. 타이완에는 다양한 종류의 시엔저우가 있는데 흔히 볼 수 있는 광동죽(廣東粥) 외에도 타이난의 농어죽, 진먼의 쩌우미(粥糜) 등과 같이 각지의 특색을 지닌 시엔저우가 사랑받고 있다.

　　粥又名「稀飯」，是一種將米飯煮成黏稠狀的料理。由於好入口，除了當早餐吃外，亦常當作病人的主食。白粥加入各種不同的材料烹煮而成的粥即是「鹹粥」。鹹粥在台灣有許多種類，除常見的廣東粥外，像是台南的虱目魚粥，以及金門的粥糜等，具有各地特色的鹹粥受到大家的喜愛。

카오위미 — 烤玉米

옥수수는 아메리카 지역의 주식이다. 쌀밥을 주식으로 삼았던 타이완은 과거 먹거리가 부족했던 시절에 옥수수는 상당히 귀한 식량 중 하나였다. 옥수수는 타이완에서 먹는 법이 여러가지 있는데, 그중에서 카오위미가 가장 일반적이다. 카오위미는 타이완 길거리에서 흔히 볼 수 있는 전통음식으로 옥수수를 구워낸 뒤 숯불구이 소스 등의 양념을 발라 먹으면 된다. 최근 농업기술의 발달로 카오위미 옥수수는 흰옥수수에서 진주 옥수수 (珍珠玉米) 로 개량되어 맛도 더 달달해졌다. 젊은층의 소비를 유도하기 위해 맛도 다양해지고 있다. 현재 카오위미는 가장 보편적인 오리지널 맛 외에도 매운맛, 겨자, 카레아 긴 등의 맛도 있다.

玉米是美洲地區的主食。以米飯為主食的台灣，在以前物資匱乏的年代，玉米可是相當珍貴的糧食之一。玉米在台灣衍生出了許多吃法，其中以烤玉米最為常見。烤玉米是台灣街頭巷尾常見的傳統小吃，將玉米烤熟後刷上炭烤醬等醬料即可享用。由於近幾年農業技術的改良，烤玉米所使用的玉米從白玉米進階成了珍珠玉米，口感也愈清甜。為了吸引年輕族群的消費，烤玉米的口味也愈來愈多樣化。目前常見的烤玉米除了原味外，另有辣味、芥末、咖哩以及海苔等口味可供選擇。

군고구마 ── 烤番薯

　　타이완의 기후는 일년 내내 고구마가 자라기에 적합해서 고구마 생산량이 풍부하다 . 고구마를 먹는 방법 중에서 가장 간단하면서도 일반적인 것이 군고구마다 . 군고구마는 타이완에서 매우 대중적인데 길에서 군고구마를 파는 노점들은 대부분 숯을 사용하며 멀리서부터 향긋한 냄새를 풍긴다 . 특히 타이완의 편의점에서도 군고구마를 판매하고 있는데 , 매장 안에서는 전자 난로로 굽는다 . 타이완에서 건강식품 중의 하나로 여겨지는 고구마는 셀룰로스가 풍부하여 장운동을 도와준다 .

　　台灣的氣候一年四季都適合番薯生長，因此番薯產量豐富。番薯的吃法中，最簡單也最為常見的就是烤番薯了。烤番薯在台灣相當普遍，一般路邊販賣烤番薯的流動攤販大多使用炭火烘烤，從遠處就可聞到陣陣香味。特別的是，台灣的便利商店也有販賣烤番薯，店內則是使用電子爐進行烘烤。番薯在台灣被視為養生食材之一，其富含豐富的纖維素，有助於腸胃蠕動。

烤番薯

chapter 2-4

經典美食

滷・燉

滷肉飯

牛肉麵

鐵蛋

豬腳

滷味

羊肉爐

루러우판
——滷肉飯

루러우판은 가장 타이완적인 별미 중 하나이다 . 요리 방법은 간단하다 . 잘게 썬 돼지삼겹살을 볶은 양파로 빨리 볶다가 국물을 넣고 끓여 밥 위에 얹으면 된다 . 어떤 식당들은 표고버섯을 따로 넣어 풍미를 더해주며 , 항상 단무지와 함께 먹는다 . 입에 들어가면 입안에서 살살 녹는 고기와 향긋한 고기즙은 중독성이 있어서 끊임없이 먹고 싶어지며 , 새콤달콤한 단무지와 같이 먹으면 느끼함도 없애 준다 . 특히 루러우판은 미국 CNN 방송이 추천한 타이완 음식 1 위에 오른 바 있어 타이완을 여행할 때 빼놓을 수 없는 음식이다 .

滷肉飯是最具台灣特色的小吃之一。其作法簡單,將切丁後的豬五花肉以油蔥快炒後加入滷汁烹煮,最後淋在飯上即可完成。不少店家會另外加入香菇丁增添風味,亦常見搭配醃黃蘿蔔一起享用。入口即化的滷肉與香醇的滷汁會讓人如同上癮般一口接一口,搭配酸甜的醃黃蘿蔔正好能去油解膩。值得一提的是,滷肉飯曾榮登美國有線電視新聞網(CNN)所推薦的台灣小吃冠軍寶座,可說是遊台灣必嚐的美食。

우 육 면 —— 牛 肉 麵

우육면은 제 2 차 세계대전 당시 중국에서 타이완으로 건너온 이주민들이 만든 음
식이다 . 우육면의 종류가 매우 다양해서 쇠고기 부위별로 구분하면 양지머리 우육
면 , 소내장 우육면 , 힘줄고기 반반 우육면 등이 있다 . 국물맛으로 구분하면 맑은 탕
인 칭둔 (清燉) 이나 매운 맛의 홍샤오 (紅燒) 등 다양한 맛이 있다 . 우육면을 만들
때는 손이 많이 가는 편인데 , 쇠고기를 삶거나 육수를 끓이는 것만으로도 반나절이
걸린다 . 특히 타이완 농업사회는 부지런히 일하는 소를 존경하는 의미로 식고기를
먹지 않는 풍습이 있다 . 그래서 우육면은 타이완의 전통음식 중에서도 아주 특별한
의미를 갖는다 .

牛肉麵是二戰時期自大陸移居台灣的新居民所創的美食。牛肉麵種類相當多，
依使用的牛肉部位來區分的話，有牛腩麵、牛雜麵以及半筋半肉牛肉麵等，依湯
頭口味來區分的話，又可分為清燉或紅燒等不同口味。牛肉麵做法較費工，光燉
煮牛肉與熬製湯頭就可花掉半天時間。值得一提的是，台灣農業社會為了尊敬辛
勤耕耘的牛隻，而有不吃牛肉的習俗。因此牛肉麵在台灣美食中可說是極為特別
的存在。

티에딴
─ 鐵蛋

　티에딴은 타이완 북부 담수지역의 음식으로서 겉이 검고 딱딱해 쇠구슬 같다고 하여 티에딴이라 부른다. 티에딴의 요리법은 달걀을 간장과 향신료로 조린 후 바람에 말리는 것으로 약 일주일 간 반복하여 만들어낸다. 티에딴의 유래는 이렇다. 처음에 현지에서 음식점을 운영하던 주민들은 연일 큰비에 시달렸다고 한다. 음식을 낭비하지 않으려고 달걀을 반복해서 조렸는데 놀랍게도 작고 검고 딱딱한 알이 만들어졌고 의외로 달콤하고 맛있었다고 한다.

　　鐵蛋發源於台灣北部淡水地區，由於外表又黑又硬如同鐵塊，因而命名為鐵蛋。鐵蛋做法是將雞蛋以醬油和香料滷製後風乾，重複此步驟持續約一星期完成。鐵蛋的由來據說早期在當地經營小吃店的居民，遇上連日大雨生意慘澹。為了不浪費食物，而將滷蛋重複滷製再擺出風乾，沒想到卻發現滷到又小又黑又硬的蛋，味道竟然意外地香醇美味。

쭈지아오──豬腳

쭈쟈오는 타이완에서 흔히 볼 수 있는 맛있는 음식으로 불에 구운 독일식 돼지족발과 달리 타이완 쭈쟈오는 주로 간장에 조린다. 조린 쭈쟈오 는 타이완의 하카 요리 중 하나로 쭈쟈오는 솥에서 조리기 전에 위생 및 맛을 위해서 세척하기, 삶기, 냉각하기, 털 뽑기, 각질 제거 등의 여러 절차를 거친다. 쭈쟈오는 부위별로 맛에 차이가 있다. 쭈쟈오 허벅지 부분을 '사태'라고 하는데, 이 부위는 육질이 가장 많고 지방도 가장 풍부하다. 중간 부분이 종아리인데 육질이 단단하고 콜라겐이 비교적 많다. 또한 쭈쟈오 밑부분 전체가 풍부한 콜라겐으로 덮여있다. 현재 타이완 긱지에는 핑동 완란의 쭈지아오 같은 유명한 쭈쟈오들이 많이 있나.

　　豬腳是台灣常見的美食，與火烤的德國豬腳不同，台灣的豬腳以滷豬腳為主。滷豬腳是台灣的客家菜之一，豬腳在下鍋滷製之前，通常會經過清洗、汆燙、冰鎮、拔毛以及去角質等多道手續，以確保衛生及口感。而豬腳依部位不同，口感也有所差異。豬腳較前段的部位稱作「腿庫」，此部位肉質最多，油脂也最豐富；中段的部分屬於小腿，肉質較為紮實，膠質較多；尾端豬蹄的部分整體由豬皮包覆，膠質含量最多。目前台灣各地有許多著名的豬腳，如屏東的萬巒豬腳等。

루웨이 ─ 滷味

　　루웨이에 사용되는 루웨이 국물은 다양한 한약재를 끓여 만들고, 손님들이 선택할 수 있는 신선한 식재료 30~40 가지를 따로 준비한다. 오리 선지든지, 공완, 야채, 이미엔 (意麵) 같은 다양한 재료가 준비되어 없는 것이 없을 정도다. 주문 절차는 대개 자신이 좋아하는 재료를 바구니에 고른 뒤 사장님에게 맡기면 끓여준다. 음식이 나오면 자기 입맛에 맞게 쏸차이나 잘게 썬 파, 또는 간장소스 등의 조미료를 첨가할 수 있다. 현재 타이완 전국에는 수많은 루웨이 가게가 있으며, 선택할 재료가 많고 가격이 저렴해서 학생들로부터 폭넓은 사랑을 받고 있다.

　　滷味的滷汁是以多種中藥材熬製而成，店內另準備了三四十種新鮮食材供顧客挑選，無論是鴨血、貢丸、蔬菜或是意麵等，種類豐富，應有盡有。點餐流程大致上是先挑選好自己喜歡的食材後，交由老闆下滷鍋滷製。完成後可依自己的口味添加酸菜、蔥花或是醬油膏等調味料。目前全台灣有許多滷味的攤位，由於選擇眾多且價格平易近人，因此受到廣大的學生族群所喜愛。

양러우루 — 羊肉爐

　　양러우루는 타이완에서 흔히 볼 수 있는 겨울철 보양식이다. 주로 데운 양고기를 생강과 참기름으로 같이 볶은 뒤 대만 청주, 두반장, 물과 한약재를 넣고 끓여 알코올이 완전히 증발하면 완성된다. 양고기는 칼로리가 풍부해서 한약재와 함께 끓여 만든 양러우루를 겨울에 먹으면 허한 몸을 따뜻하게 해준다. 양고기는 또한 철분이 풍부하기 때문에 보혈, 간을 보양하는 효능도 있다. 타이완 사람들은 양러우루를 먹을 때 두부, 어묵, 야채 등을 곁들여 자주 먹는데 양고기의 영양을 섭취함과 동시에 다양한 식재료를 맛볼 수 있다.

　　羊肉爐是台灣常見的冬令進補料理。作法主要是將川燙後的羊肉以薑片和麻油爆香拌炒後，加入米酒、豆瓣醬、水以及中藥材熬煮，待酒精完全蒸發後即可完成。羊肉富含豐富的熱量，與中藥材一起熬煮成的羊肉爐，在冬天食用能讓虛寒的身體暖和起來。此外，羊肉中另富含豐富的鐵質，因此也有補血、養肝的功效。台灣人在吃羊肉爐時常會加入豆腐、魚丸、蔬菜等配料一同享用，除了能攝取羊肉的營養，更可品嚐各種不同的食材。

chapter 2-5

經典美食

甜・飲

珍珠奶茶

쩐주나이차─

타이완의 대표적인 음료는 쩐주나이차로 아시아 지역에 널리 알려져 있고, 최근에는 유럽에도 쩐주나이차 전문점이 오픈했다. 쩐주는 작고 동그란 젤리 알갱이인데 고구마 가루나 감자 가루가 원료이다. 쫄깃하고 씹는 맛이 있는 쩐주는 밀크티와 결합하여 달콤하면서도 질리지 않는다. 한 모금 한 모금 빨아마시다 보면 쉽게 중독된다.

　　台灣飲品最具代表性食品非珍珠奶茶莫屬，名氣傳遍全亞洲，近年甚至歐洲也出現珍珠奶茶專賣店。珍珠即是粉圓，原料是地瓜粉或樹薯粉製成，彈牙有嚼勁的粉圓搭配奶茶甜而不膩，咕嚕咕嚕一口接一口令人上癮。

떠우화 ─ 豆花

떠우화는 타이완 전통 아침 식사이자 오후 간식으로 흔히 볼 수 있는 음식이다 . 달게 , 짜게 , 차갑게 , 따뜻하게 만들거나 팥 , 콩 , 땅콩 등의 재료를 넣어 풍부한 맛 을 낼 수 있다 . 떠우화는 노란콩에 응결제를 섞어서 만든다 . 식감은 두부보다 부드 럽고 믹으면 입에시 바로 녹아 노란콩 향이 입안에서 맴돌게 된다 .

豆花是台灣傳統早餐、下午茶點常見的食品。可作甜、鹹、冰的、熱的抑或 加入紅豆、大豆、花生等等佐料豐富口感。由黃豆摻入凝結劑形成，口感比豆腐 滑嫩且入口即化，黃豆香氣唇齒留香，久久不散。

쳐룬삥

── 車輪餅

　　쳐룬삥은 본래 '이마카와 야키'라는 일본의 음식이다. 타이완에서는 '홍떠우 삥'이라고도 부르는데, 어디서나 볼 수 있는 전통 간식이다. 쳐룬삥은 주로 밀가 루와 달걀, 설탕과 반죽을 넣고, 전용 틀에 부어 구워서 만든다.

　　반죽이 굳으면 안에 속 재료를 넣어주고 나머지 반대편 한 쪽을 꺼내서 덮고 다시 가열하면 된다. 타이완에서 흔히 볼 수 있는 쳐룬삥 속 재료는 팥과 크림, 토란 등 이 주를 이루고 있고, 최근 각종 짠맛 속 재료들도 나왔다. 예를 들어 무채, 참치나 카레 등이 있다. 쳐룬삥은 종류가 다양해 입맛이 독특한 소비자들의 구미를 만족시 킨다.

　　車輪餅發源於日本，在日本稱作「今川燒」。在台灣又可稱「紅豆餅」，是 常見的傳統的甜點。車輪餅的作法主要是將麵粉、雞蛋以及砂糖和成麵糊後，倒 入專用的模型煎台內加熱。

　　等麵糊凝固後放入中間的餡料並取出翻面，覆蓋在二次倒入的麵糊上加熱片 刻即可完成。台灣常見的車輪餅餡料以紅豆、奶油以及芋泥等為主，近年來則出 現了各種鹹味的內餡，像是蘿蔔絲、鮪魚或咖哩口味等，種類五花八門，造福了 許多口味較為獨特的消費族群。

찐뇨쟈오 미엔빠오—
金牛角麵包

간편한 크림빵인 찐뇨쟈오 미엔빠오는 겉모양이 황금빛 쇠뿔 모양이어서 이름이 '찐뇨쟈오 미엔빠오' 이다. 타이베이 산샤 (三峽) 지역의 명물 중 하나로 꼽는다. 요리법은 밀가루, 달걀, 우유, 설탕, 소금, 효모가루와 크림으로 반죽하여 발효를 시킨다. 발효된 반죽을 균등하게 여러 조각으로 자른 후 물방울 모양으로 빚는다. 그리고 앞쪽을 자르고 방향을 맞춰서 쇠뿔 모양으로 꺾어준다 마지막으로 모양을 낸 쇠뿔 반죽의 겉머리에 달걀물과 크림을 섞어 만든 소스를 바른 후 깨를 뿌려 오 븐에서 굽는다. 완성된 찐뇨쟈오 미엔빠오는 향이 좋고 먹을수록 식감이 뚜렷해서 남녀노소 누구나 다 좋아한다.

金牛角麵包是簡單的奶油麵包，由於其外型如同金黃色的牛角，因而取名為「金牛角麵包」，是台北三峽地區的名產之一。金牛角麵包的作法大致如下：將麵粉、雞蛋、牛奶、砂糖、鹽、酵母粉和奶油揉成麵團後靜置發酵，發酵好的麵團平均切成數小塊後揉成水滴狀桿平，並在前端切出切口後順勢拉開捲成牛角狀。最後將成形的牛角麵團外頭塗上以蛋液及奶油調製而成的塗料後撒上些許芝麻即可入烤箱烘烤。完成後的金牛角麵包香氣四溢，口感層次分明，大人小孩都愛。

타이양삥
——太陽餅

　　타이양삥은 타이완의 특산물 중 하나로 달콤한 파이의 일종이다. 원형에 가까운 모양을 하고 있고 먹기 전에 조각으로 나눠 먹는다. 최근 상점들은 수요에 맞게 크기가 작은 타이양삥을 출시하여 간편하게 먹을 수 있게 했다. 타이양삥의 속은 주로 엿당으로 만들며, 단맛이 진하기 때문에 보통 고산차 같은 진한 차와 함께 먹는다.

　　太陽餅是中台灣名產之一，甜餡餅的一種。其形狀近似圓形，由於面積較大，一般食用前多會均分成幾塊。近年來店家為符合需求推出了面積較小的太陽餅，方便拿取食用。太陽餅的內餡以麥芽糖為主，由於口味偏甜，通常搭配高山茶等口味較濃的茶一同享用。而餅皮的部分由於酥而易碎，食用時容易掉落餅屑，因此有一種新奇的吃法誕生——將太陽餅放入碗內後倒水分解成粥狀食用。

헤이탕까오 ── 黑糖糕

헤이탕까오는 타이완 전통 발효 떡 중 하나로 펑후에서 유래됐다 . 타이완 광복 전 펑후 섬에 거주하던 류큐 사람들이 류큐 떡을 전한 것이 지금의 헤이탕까오로 발전했다고 한다 . 헤이탕까오는 쫄깃하고 달지만 질리지 않아 모두가 좋아하는 전통 간식 중 하 나이다 . 어른들은 헤이탕까오가 '재산을 모은다' 라는 의미로 생각하여 , 사당 제사나 전통 축제에 헤이탕까오를 신이나 조상에게 바치면 재물운을 가져온다고 믿있기 때문에 헤이탕끼오는 흔한 제사 음식이 되었다 .

黑糖糕是台灣傳統的發酵糕點之一，源自於澎湖。據說是在台灣光復前，由澎湖島上進駐的琉球人傳入琉球糕的作法，後來發展成了現在的黑糖糕。黑糖糕口感彈牙且甜而不膩，是常見的傳統點心之一。老一輩的人認為「發糕」有「發財」之意，在廟宇慶典或傳統節慶時將黑糖糕供奉神明可以帶來財運，黑糖糕因此也成為了常見的供品。

우롱차

──烏龍茶

　　우롱차의 원산지는 중국으로 부분적으로 발효된 차이다. 그 맛은 홍차와 녹차의 중간쯤에 위치하여 홍차의 감미로운 맛과 녹차의 향긋한 맛을 지녔다. 우롱차의 명칭의 유래는 분분하지만 찻잎의 외형에서 비롯됐다는 것이 믿을 만하다. 우롱차의 찻잎은 햇볕에 말리고 볶아서 햇빛에 건조시키면 겉이 검고 작은 줄무늬가 있는 물고기처럼 보인다. 다시 물에 담가 끓이면 마치 한 마리의 검은 용이 물속으로 들어가는 것 같아 우롱차라고 한다. 우롱차 속의 폴리페놀은 유분을 억제하는 효과가 있으며, 식후에 우롱차를 마시면 지방의 체내 축적을 줄여주므로 다이어트족들에게 인기가 많다.

　　烏龍茶原產於中國，是經過部分發酵的茶。其口感介於紅茶與綠茶之間，既有紅茶的甘醇，又有綠茶的清香。烏龍茶的名稱來源眾說紛紜，較為可信的說法是認為源於茶葉的外型。烏龍茶的茶葉在經過日曬、烘炒、焙乾後，外觀呈烏黑色，條狀的外型如同小魚。再放入水中泡開後就如同一尾黑色的龍入水般，因而稱之為烏龍茶。烏龍茶中的烏龍茶多酚有抑制油分的效果，飯後來杯烏龍茶，有助於減少油脂於體內的屯積，深受減肥族群喜愛。

평리수 —
鳳梨酥

평리수는 타이완의 유명한 전통 간식으로 밀가루, 크림, 설탕, 계란, 동과, 그리고 파인애플 소스가 주원료다. 겉껍질과 속 고물, 이렇게 두 겹으로 구성돼 있으며, 맛은 겉은 바삭바삭하고 속은 부드러워 한입 물면 파인애플의 달콤한 향이 난다. 파인애플의 민 남어는 '왕라이(旺來)'와 유시한 발음으로 흥하여 번창한다는 뜻이 있다. 그래서 평리수는 명절 때 친지들에게 주는 선물의 하나로 애용된다. 최근 동과가 속에 들어가지 않은 '토핑리수'가 유행했는데, 오리지널 파인애플 맛을 낼 수 있고 식감도 상큼하다. 전통적인 맛, 새로운 맛에 상관없이 각각의 마니아들이 있다.

鳳梨酥是台灣的著名傳統點心，主要原料為麵粉、奶油、糖、蛋、冬瓜以及鳳梨醬。鳳梨酥構造簡單，僅外皮與內餡兩層，口感外酥內嫩，一口咬下就能嚐出鳳梨甜香。由於鳳梨的閩南語諧音與「旺來」類似，有吉利興旺之意，因此鳳梨酥常被當做逢年過節時送給親友的伴手禮之一。近年流行起不含冬瓜餡的「土鳳梨酥」，可吃出鳳梨原味，口感偏酸。無論傳統口味或新口味，各有其擁護者。

샤오싱주——
紹興酒

　　국제적인 명성을 얻고 있는 샤오싱주는 포리 (埔里) 양조장에서 1949 년에 개발한 것이다 . 현지의 찹쌀과 쌀 및 소맥 , 그리고 순한 감천수 (甘泉水) 로 만들었으며 , 첫 샤오싱주는 1953 년 '옥천 샤오싱주' 라는 이름으로 출시되었다 . 샤오싱주는 타이완 육류 요리에서 항상 양념과 조미료로 사용된다 . 샤오싱쮀이지 , 샤오싱샹창 , 샤오싱 사태 조림 또는 갈비 등이 유명하다 .

　　享譽國際的紹興酒是埔里酒廠於 1949 年研發，選用當地糯米、蓬萊米及小麥，佐以純淨甘泉水釀造，第一瓶紹興酒於 1953 年上市名為「玉泉紹興酒」。紹興酒是台灣肉類料理中，常見的醃料、調味料，著名的有紹興醉雞、紹興香腸、紹興滷牛腱或排骨等等。

가
오
량
주
—
高粱
酒

　고량주는 중국 백주의 일종으로 종류가 다양하다 . 타이완에서 가장 유명한 고량주는 진먼 고량주다 . 진먼 고량주는 현지에서 키운 수수가 재료이며최적의 기후와 깨끗한 공기 , 맑은 물이 어우러져 맛이 향기롭고 순수하여 타이완 전국에서 유명하다 . 타이완에서는 생일파티 , 집들이 , 잔치나 승진 파티 등 다양한 행사에서 선물로 많이 쓰인다 . 특히 고량주를 전문적으로 만드는 양조장에서는 다양한 외관과 맛의 고량주를 생산한다 . 각종 다양한 선물 수요에 부응하는 고량주는 선물 문화에서 아주 중요하다 .

　高粱酒屬於中國白酒的一種，種類繁多。在台灣最為著名的高粱酒為金門高粱酒。金門高粱酒是以當地產的旱地高粱為材料，搭配適宜的氣候以及乾淨的空氣與水質，風味特別香醇，聞名全台。高粱酒在台灣經常當作各種場合的禮品，例如：慶生、喬遷、宴客或高升等等。特別的是，專門釀造高粱酒的酒廠會生產各種不同外觀及風味的高粱酒，以滿足各種不同的送禮需求，由此可見高粱酒在送禮文化中的重要性。

chapter 3

傳統工藝

등롱
— 燈籠

　등롱은 민남어로는 '고자등 (古仔燈)' 이라고 부르며 옛날의 조명 설비였다 . 초기의 등롱은 나무나 대나무로 뼈대를 만들고 종이나 얇은 천을 붙여 외피를 만들고 가운데에 초를 켰다 . 등롱을 말하면 대부분 정월대보름이 가장 먼저 떠오른다 . 옛날 사람들은 벼의 풍작과 국태민안을 기원하며 대보름날 등롱을 매달았고 그래서 대보름을 '등롱 축제' 라고 불렀다 . 타이완에서는 매년 정월대보름에 등회를 개최하며 , 해당 연도의 띠를 주제로 한 등불 외에도 독특하고 오색찬란한 모양의 꽃등들이 전시되어 해마다 많은 인파가 찾고 있다 .

　燈籠閩南語稱「鼓仔燈」，為古時候的照明設備。早期的燈籠以木頭或竹子製作骨架，並貼上紙或薄布作為外皮，使用時在中間點個蠟燭即可。而提到燈籠，多數人第一個想到的一定是元宵節。古人為了祈求稻米豐收與國泰民安，會在元宵節這天掛起燈籠，元宵節因而有「燈籠節」的稱呼。台灣每年的元宵節時期都會舉辦燈會，除了展出當年度的動物生肖主燈外，亦有許多造型獨特、五彩繽紛的花燈參展，年年都吸引大批民眾前往參觀。

중국매듭
（쫑궈지에）—
中國結

옛날 사람들의 복장은 벨트나 단추 같은 현대적이고 편리한 부품이 없어서 옷을 고정시키려면 간단한 끈으로 묶을 수밖에 없었다. 시간이 흐르면서 끈으로 만든 매듭이 정교해지고, 뜨개질 기술까지 결합되면서 오늘날의 쫑궈지에로 변했다. 쫑궈지에의 제작은 주로 편（編）, 추（抽）, 수（修）의 세 단계로 나뉜다. '편'은 일정한 규칙에 따라 실을 전진시키는 것이고, '추'는 형태가 완성되면 조이는 절차이고, '수'는 마지막 꾸미는 단계이다. 잠자리 매듭, 동심결 매듭과 국화 매듭 등 특수한 쫑궈지에 매듭 방법이 있다. 단순한 끈매듭 외에 유리구슬이나 술로 겉을 장식하기도 한다.

古人的服裝並不如同現代有皮帶或鈕扣等方便的配件可固定衣裳，因此只能利用簡單的繩結來繫束。隨著時代演進繩結發展越趨精致，後來甚至結合了編織技術，而演變至今的中國結。中國結的製作主要分為編、抽、修三個步驟。「編」是按一定的原則讓繩子前進；「抽」是雛形完成後將之抽緊的步驟；而「修」是最後的修飾。中國結的編法五花八門也有卍字結、吉祥結及盤長結等特殊編法。除了單純編製繩結外，也會搭配琉璃珠或流蘇等妝點外觀。

홍바오 — 紅包

홍바오는 빨간 봉투에 돈을 넣어 사람에게 주는 선물이다 . 타이완에서는 , 홍바오 를 주는 것이 전통적인 관습 중 하나이며 , 설날 외에 타이완 사람들은 결혼식 , 출산 , 또는 대회 시상식과 같은 다양한 축하행사에서 자주 홍바오를 준다 . 옛사람들에게 붉은색은 기쁨을 대표하는 색이었다 . 경사스러운 자리에서 주는 돈을 붉은색 봉투 로 포장했는데 그런 상황에서 쓴 것이 홍바오의 유래다 . 타이완 사람들은 홍바오에 6 이나 8 이 든 금액 (6 은 순조롭다는 뜻 , 8 은 대박난다는 뜻) 을 넣거나 짝수로 묶 는 경우가 많다 . 짝수는 쌍으로 이루어지라는 바램을 가지고 있다 .

紅包是將金錢放入紅色紙袋中饋贈他人的禮物。在台灣,送紅包是傳統習俗 之一,除了過年外,台灣人經常在各種喜慶場合發送紅包,例如婚禮、生子或是 競賽頒獎等。古人認為紅色是代表喜氣的顏色,因此在喜慶場合饋贈的金錢會以 紅色的紙袋裝,以迎合場面,這就是紅包的由來。台灣人在包紅包時經常會放入 有 6 或 8 的金額(6 代表順利,8 代表發財),或將金額控制在偶數,偶數有成雙 成對之意。

상바오 ─ 香包

　상바오를 착용하는 것은 타이완 단오절의 전통적인 관습이다 . 옛날 사람들은 쑥 , 웅황 , 창포 등 살균 기능이 있는 허브를 곱게 갈아 가루로 만든 뒤 천으로 싸서 가슴에 걸어 모기와 세균의 침입을 막았던 것이 상바오의 유래이다 . 고대 여성들은 길쌈과 수를 놓는 기술이 뛰어났기 때문에 상바오는 갈수록 정교해져 마침내 전통수공예품으로 발전한 것이다 . 구체적인 구충 효능 외에도 상바오는 마음을 전달하는 매개였다 . 옛사람들은 친한 친구가 멀리 떠날 때 상바오를 만들어 선물하며 여행의 평안을 기원했다 . 지금은 전통적인 스타일 외에도 귀여운 캐릭터의 스타일도 많은 사랑을 받고 있다 .

　　配戴香包是台灣端午節的傳統習俗。相傳古時人們將艾草、雄黃及菖蒲等具有殺菌功能的香草研磨成粉後，用布包起來掛在胸前，防止蚊蟲及細菌的侵襲，這是香包的由來。古代女性擅長女紅，縫繡技術高超，香包後來做得越來越精緻，成就傳統手工藝品。除具體的驅蟲功效外，香包也是傳達心意的媒介。古人在親朋好友出遠門前會縫製香包贈予對方，祝福對方旅途平安。現今除傳統的樣式外，造型可愛的卡通款式也受到不少人的喜愛。

춘리엔
─ 春聯

춘리엔은 타이완에서 설을 맞아 문밖에 붙이던 양화구복 (禳禍求福) 을 위한 장식물로서 그 전신은 '복숭아 부적'이다 . 상고시대에 어떤 용감한 형제가 있었는데 이들은 항상 복숭아나무 밑에서 지키고 서있다가 무수한 사람을 해친 악귀를 물리쳤다고 전해온다 . 후에 사람들은 귀신을 쫓아낸다는 의미로 복숭아나무판 두 개를 문 옆에 세우고 , 복숭아나무에 두 형제의 초상화를 새기거나 그들의 이름을 써서 문신 (門神) 으로 이용한 것이 복숭아 부적의 유래이다 . 이후 복숭아 부적이 너무 단조롭다고 느껴 글 두 줄을 써서 복숭아 부적 대신 문 앞에 붙였고 , 점차 이런 문 앞에 붙이는 글귀가 복숭아 부적을 대체하면서 현재의 춘리엔이 됐다 . 춘리엔은 주로 세로 방향의 글인 상련 , 하련과 가로 방향의 글인 횡비로 이루어져 있고 , 상련과 하련은 한자의 압운 규칙에 따라 만들어야 한다 .

春聯是台灣過年時期用來張貼門外藉以趨吉避凶的裝飾物，其前身為「桃符」。相傳在上古時代有對英勇的兄弟，常在大桃樹下站崗，並擊退了害人無數的野鬼。後來人們就將兩塊有驅邪作用的桃木板立在門旁，並在桃木刻上兩兄弟的畫像，或寫上他們的名字充當門神以避邪，這就是桃符的由來。後來有人認為桃符過於單調，自行題了兩行字取代桃符貼在門前，逐漸地對聯就取代了桃符，成為了現在的春聯。春聯主要分上聯、下聯及橫批三個部分，上聯與下聯題寫時須按照平仄押韻格式。

쟈오베이 ——
擲杯

　　쟈오베이는 민남어로 '뿌아붸이 (擲筊)' 라고 하며 도교에서 신에게 길흉을 묻는 의식이다 . 쟈오베이의 배 (杯) 는 나무나 대나무 등의 재실로 만든 반달 모양의 물건으로 , 볼록한 면은 음면 , 평평한 면은 양면이라고 한다 . 배 두 개를 한 쌍으로 사용하며 먼저 효배 (筊杯) 를 들고 사기소개를 한 후 소원을 말하다 . 소원을 빌고 양손에 들고 있는 효배를 바닥에 던진다 . 두 개의 효배의 앞뒷면이 나온 조합으로 신명의 답변을 판단할 수 있다 . 한쪽은 징면 한쪽은 반대쪽의 조합은 '성배 (聖杯)' 라고하여 신명 (神明) 이 동의했다는 뜻이다 . 통상 성배는 3 번 연속 던져서 판단을 하는데 양쪽 모두 반대쪽이 나오면 '소배 (笑杯)' (호탕하게 웃는다는 의미) 로시 아직 상황에 대해 판단을 내리지 않는다는 뜻이다 . 반면에 양쪽 모두 정면이 나오면 '음배 (陰杯)' 인데 신명이 이를 허락하지 않음을 나타낸다 .

　　擲杯閩南語稱「擲筊」，是道教用來求神問卜的儀式。擲杯的杯是以木頭或竹子等材質製成的半月型器具，凸起的面稱為陰面，而平底的面稱為陽面。使用時兩個為一套，先手握筊杯介紹自己、表達欲請示的事情，並於膜拜後將握持在雙手的筊杯擲於地面。根據兩個筊杯的正反面組合情形，可判斷神明的回覆結果。一陰一陽的組合又稱「聖杯」，代表神明有認同此事。通常聖杯須連續擲出三次才算數。而兩陽面又稱「笑杯」，意指神明哈哈大笑，尚未對事情下評斷。最後的兩陰面又稱「陰杯」，表示神明不認同此事。

니에미엔런 ─ 捏麵人

　　니에미엔런은 타이완의 전통 민속 공예 중의 하나이다. 염색한 밀가루 반죽을 니에미엔런의 재료로 사용한다. 옛사람들은 신에게 제사를 지낼 때 반죽으로 가짜 꽃과 가짜 벌레를 만들어 제물로 삼아 공봉 의식(供奉義式)을 마친 뒤 물에 끓여서 먹었다. 이것이 바로 니에미엔런의 유래라고 한다. 나중에는 니에미엔런의 모양이 점점 더 정교해져 공봉 후 바로 먹거나 버리는 것이 아까워서 니에미엔런을 보존해 관상용 예술품으로 만들었다. 타이완에서는 지금도 사당 행사에서 니에미엔런의 노점을 볼 수 있으며, 완성품도 살 수 있고 현장에서 직접 만드는 체험도 할 수 있다.

　　捏麵人是台灣的傳統民俗技藝之一。將麵粉製成麵糰並染色,作為捏麵人的材料。古人在祭祀神明時會以麵糰捏製假花、假蟲作為供品,結束供奉儀式後下水煮熟食用,據說這就是捏麵人的由來。後來由於捏麵人造型愈來愈精緻,人們覺得供奉後直接吃掉或丟掉相當可惜,便將捏麵人保存下來,因而成為了觀賞用的藝術品。台灣目前在廟口活動仍可看見捏麵人的攤販,不僅可購買現成品,也可現場動手試做。

쳐링을 '빈 종' 이라고도 부르는데, 타이완의 전통 민속 공예 중 하나이다. 차령의 구조는 중간 부분이 파인 나무 막대 상하 양측에같은 크기의 속이 비어있는 원반이 있는데, 이것을 면실에 꿰어 두 개의 막대기로 조종한다. 쳐링은 당길 때 공기가 원반을 통과하며 소리가 나는데, 옛사람은 종소리처럼 들린다고 해서 '빈 종' 이라고 불렀다. 대나무로 만든 쳐링은 손이 많이 가기 때문에 대량생산을 위해 지금은 플라스틱과 아크릴을 사용한다. 쳐링은 전통 공예 외에도 스포츠 활동이 된다. 많은 초등학교에 쳐링 팀이 있으며, 전통적인 공예를 전승하는 것 외에도 어린아이들의 신체를 튼튼하게 하고 대중에게 즐거움을 수는 많은 장짐이 있다.

扯鈴又稱「空鐘」，是台灣的傳統民俗技藝之一。扯鈴的構造是將側面雙凹的木條上下兩側，加上大小相同的中空圓盤，扯動時用棉線串連的兩根木棒操作。扯鈴在扯動時會因為氣流通過圓盤而發出聲響，古人認為聲音像鐘一樣，因而稱之為「空鐘」。由於竹製扯鈴較為費工，為求大量生產已多為塑膠及壓克力製。扯鈴除了是傳統技藝外更是項運動，許多國小都有扯鈴隊，除了傳承傳統技藝外，更可讓孩童強身健體，娛樂大眾，可説有眾多好處。

란
바
이
퉈
—
藍
白
拖

　　란바이퉈는 타이완 특유의 플라스틱 슬리퍼이다 . 밑창에 가로로 단조로운 톱니무늬가 새겨져 있고 싸고 질기다 . 란바이퉈는 초기 중화민국 정부가 한국전쟁에 참전한 미국을 지원하려고 개발한 것이다 . 당시 중화민국 정부는 미국 고문단의 건의를 받아들여 군용으로 쓸 수 있는 슬리퍼를 생산했다 . 청백색은 대만 국기인 청천백일기 (靑天白日旗) 에서 가져왔다 . 최근 젊은 세대의 패션 중의 하니인 '타이커 (台客)' 가 바로 란바이퉈를 신는 것으로 , 타이완식 로컬 패션 중에서 큰 자리를 차지하고 있다 .

　　藍白拖是台灣特有的塑膠拖鞋，鞋底呈簡單的鋸齒狀橫紋，既便宜又耐穿。藍白拖是早期中華民國政府於韓戰美援時期研發出的產物。當時中華民國政府接受美援顧問團的建議，生產了簡單耐穿的拖鞋供軍用。而藍白配色則是取自於國旗青天白日的藍白兩色。近年來年輕族群所稱的「台客」打扮，其中之一就是穿著藍白拖，可見其在台式打扮中的地位。

　　타라는 중국식 팽이로서 송나라 때 '천천 (千千)' 이라고 불렀다고 한다 . 당시 궁녀와 빈비들은 타라를 접시 위에서 돌려 누가 오래 돌아가는지 내기를 하며 시간을 보냈는데 이것은 고대 귀족들의 놀이 중 하나였다 . 그 후에 타라는 끈으로 감은 뒤 던져서 노는 방식으로 바뀌었기 때문에 '타라를 친다' 라고 한다 . 현재 타라는 타이완에서 시간을 보내는 놀이 외에 타라 경기도 있다 . 경기는 참가자의 성별 및 연령별로 팀을 나누며 , 타라의 무게로 서로 겨루는 것이다 . 사용하는 타라의 무게는 10k 에서 100kg 까지 있고 채점 기준은 타라가 얼마나 오래 회전했는지 시간으로 평가한다 .

　　陀螺相傳在宋朝時名為「千千」。當時的宮女嬪妃會以手指擰動使其在盤中旋轉，並互相較勁誰轉得久，藉此打發時間，是古代的貴族遊戲之一。陀螺後來演變成以繩子纏繞後再擲出抽動的方式遊玩，因而有「抽陀螺」之稱。目前陀螺在臺灣除了是消遣時間的童玩外，亦發展出陀螺競技。陀螺競技中，參賽者以性別及年齡分組，競賽內容以旋轉重量型陀螺為主，使用的重量型陀螺從 10 公斤到將近 100 公斤都有，評分標準則以陀螺旋轉的時間來分級。

歡迎光臨台灣：韓語導覽 / EZ 叢書館編輯部
策劃 . -- 初版 . -- 臺北市：日月文化, 2019.12
224 面 ; 17X23 公分 . -- (EZ Korea ; 27)
ISBN 978-986-248-849-2（平裝）

1. 韓語　2. 旅遊　3. 讀本

803.28　　　　　　　　　　108018585

EZ Korea 27

歡迎光臨台灣韓語導覽

作　　　者：EZ叢書館編輯部
編　　　輯：邱曼瑄
原文撰稿：阿部道宣、林孟萱、朱書琳、楊于萱、EZ叢書館編輯部
韓文撰稿：楊曉蕙、吉政俊
校　　　對：邱曼瑄、郭怡廷、楊曉蕙、吉政俊
審　　　訂：吉政俊

行銷人員：林盼婷
封面設計：李涵硯
版型設計：李涵硯
內頁排版：簡單瑛設
錄　　　音：(韓文)楊曉蕙、(中文)邱曼瑄
錄音後製：音庫國際有限公司
圖片來源：https://www.shutterstock.com/

發 行 人：洪祺祥
副總經理：洪偉傑
副總編輯：曹仲堯
法律顧問：建大法律事務所

出　　　版：日月文化出版股份有限公司
製　　　作：EZ叢書館
地　　　址：臺北市信義路三段151號8樓
電　　　話：(02) 2708-5509
傳　　　真：(02) 2708-6157
網　　　址：www.heliopolis.com.tw
郵撥帳號：19716071日月文化出版股份有限公司

總 經 銷：聯合發行股份有限公司
電　　　話：(02) 2917-8022
傳　　　真：(02) 2915-7212

印　　　刷：禹利電子分色有限公司
初　　　版：2019年12月
定　　　價：380元
I S B N：978-986-248-849-2

日月文化集團
HELIOPOLIS
CULTURE GROUP

客服專線 02-2708-5509
客服傳真 02-2708-6157
客服信箱 service@heliopolis.com.tw

廣 告 回 函
台灣北區郵政管理局登記證
北台字第 000370 號
免 貼 郵 票

日月文化集團 讀者服務部 收

10658 台北市信義路三段151號8樓

對折黏貼後，即可直接郵寄

日月文化網址：**www.heliopolis.com.tw**

最新消息、活動，請參考 FB 粉絲團

大量訂購，另有折扣優惠，請洽客服中心（詳見本頁上方所示連絡方式）。

大好書屋

寶鼎出版

山岳文化

EZ TALK

EZ Japan

EZ Korea

大好書屋・寶鼎出版・山岳文化・洪圖出版　EZ叢書館　EZ Korea　EZ TALK　EZ Japan

日月文化集團
HELIOPOLIS
CULTURE GROUP

感謝您購買 _____

為提供完整服務與快速資訊,請詳細填寫以下資料,傳真至02-2708-6157或免貼郵票寄回,我們將不定期提供您最新資訊及最新優惠。

1. 姓名:_____ 性別:□男　　□女

2. 生日:_____年_____月_____日　職業:_____

3. 電話:（請務必填寫一種聯絡方式）

　（日）_____（夜）_____（手機）_____

4. 地址:□□□_____

5. 電子信箱:_____

6. 您從何處購買此書?□_____縣/市_____書店/量販超商

　□_____網路書店　□書展　□郵購　□其他

7. 您何時購買此書?　　年　　月　　日

8. 您購買此書的原因:（可複選）

　□對書的主題有興趣　　□作者　□出版社　□工作所需　　□生活所需

　□資訊豐富　　　□價格合理（若不合理,您覺得合理價格應為_____）

　□封面/版面編排　□其他_____

9. 您從何處得知這本書的消息:　□書店　□網路／電子報　□量販超商　□報紙

　□雜誌　□廣播　□電視　□他人推薦　□其他

10. 您對本書的評價:（1.非常滿意 2.滿意 3.普通 4.不滿意 5.非常不滿意）

　書名_____　內容_____　封面設計_____　版面編排_____　文/譯筆_____

11. 您通常以何種方式購書?□書店　□網路　□傳真訂購　□郵政劃撥　□其他

12. 您最喜歡在何處買書?

　□_____縣/市_____書店/量販超商　　□網路書店

13. 您希望我們未來出版何種主題的書?_____

14. 您認為本書還須改進的地方?提供我們的建議?

_____

_____

_____

_____